KB007689

라면볶이

이 책은 〈효리 누나, 혼저옵서예〉 개정판입니다.

달밤의 제주는 즐거워
심야 편의점에서 보고 쓰다

초판 1쇄 발행 | 2016년 12월 19일

지은이 차영민
발행인 이대식

편집 김화영 나은심 손성원
마케팅 김혜진 배성진 박중혁 **관리** 홍필례
일러스트 어진선 **디자인** 모리스

주소 서울시 종로구 평창길 329(우편번호 03003)
문의전화 02-394-1037(편집) 02-394-1047(마케팅)
팩스 02-394-1029
전자우편 saeum98@hanmail.net
블로그 blog.naver.com/saeumpub
페이스북 facebook.com/saeumbooks

발행처 (주)새움출판사
출판등록 1998년 8월 28일(제10-1633호)

ISBN 979-11-87192-27-5 03810

달밤의 제주는 즐거워
심야
편의점에서
보고 쓰다
차영민 지음
50

차례

어서 와, 이런 편의점은 처음이지?

진정해,
다 방법은 있을 거야.
아마도.

괜찮아, 해치지는 않아.

다시 와, 기다리고 있을게!

"어디 감수광?"

"편의점에 일하레 감수다."

"아이고, 폭삭 속읍써(수고 많이 하세요)!"

어서 와, 이런 편의점은 처음이지?

Fresh
2+1

C편의점 vs G편의점

내가 사는 동네는 제주도에서도 외진 곳으로 알려진 애월읍이다. 도시에는 편의점이 즐비한 반면, 우리 동네에 편의점은 딱 한 곳만 있었다. 밤이 되면 고양이 코털이 흔들리는 소리마저 선명하게 들릴 만큼 조용한 우리 동네에, 가장 먼저 생긴 C편의점은 간단한 야참을 즐길 수 있는 새로운 문화의 시작이고 혁명이었다.

"밤늦게 어디 가맨!"

"편의점에 마실 거 사레 감수다."

"거디 밤새 장사하맨?"

"메께라(어머나), 것도 몰람시냐?"

"기? 잘도 좋다이! 같이 강 맛난 거 먹게(그래? 진짜 좋다! 같이 가서 맛있는 거 먹자)."

C편의점은 점차 동네 사람들에게 만남의 장소가 됐다. 밤낮으로 인산인해를 이뤘던 C편의점, 몇 년 사이에 주인장이 빌딩 한 채를 샀다는 소문이 나기도 했다. 그러나 정작 편의점의 대표 음식인 컵라면이나 삼각김밥을 매장 안에서 먹기가 여간 어려운 일이 아니었다.

"누게가 보민 식당인 줄 알켜(누가 보면 식당인 줄 알겠네). 에흠!"

편의점에 구비된 테이블에서 뭐라도 먹을라치면 주인장은 온갖 한숨과 헛기침을 연발하며 비질이나 대걸레질을 했고, 노골적으로 구시렁거렸다. 주인장이 그 정도니 알바는 더 말할 것도 없었다. 나무젓가락과 빨대는 라면이나 우유를 사면 반드시 따라오는 필수품이자 소모품인데, C편의점에서는 절대 쉽게 받아낼 수 없었다.

"빨대 호끔 줍써(빨대 좀 주세요)."

"빨대 어서(빨대 없다)!"

"거디 이신 거 닮은디(거기 있는 거 같구먼)!"

"어서(없어)!"

"입을 다쳤신디 아멩해도 그냥은 못 마실 거 마씸(입을 다쳤는데 아무래도 그냥 못 마시겠어요)!"

"기? 하영 다첨시냐? 특별히 하나만 줄켜이. 다른 사람신디 곳지 말라이(그래? 많이 다쳤어? 특별히 하나만 줄게. 다른 사람한테 말하지 마).”

분명 카운터 아래에 빨대를 숨겨놓은 게 뻔히 보이는데도 주인장은 빨대가 떨어졌다고 무조건적으로 우겼고, 그나마 빨대를 쓸 수밖에 없는 상황을 적극적으로 설명해야 겨우 하나를 받아낼 수 있었다. 일회용품을 최대한 줄여 환경을 살리려는 마음이 투철했을지 모르나, 손님 입장에서 작은 ‘편의’도 누릴 수 없는 ‘편의점’의 현실에 뒷목이 뻐근해질 뿐이었다. 동네 사람들은 주인장이건 알바건 죄다 사람이 덜돼먹었다고 한마디씩 했으나 동네에서 유일하게 24시간 쉬지도 않고 ‘편의’를 제공한다는 이유로(그땐 반경 10킬로미터 내에 편의점이 없었다) C편의점은 날이 갈수록 호황의 탄탄대로를 걸었다.

그러나 ‘화무십일홍’이 괜히 나온 말이 아니라는 걸 증명이라도 하듯, C편의점에 크나큰 위기가 찾아왔다. 도보로 고작 3분이면 충분히 갈 수 있는 2층짜리 넓은 건물에 G편의점이 새롭게 문을 열고 만 것이다. C편의점 주인장은 오만상을 찌푸리며 새로 생긴 편의점이 1년도 못 가서 문을 닫을 것이라고 공공연히 떠들고 다녔다.

C편의점 주인장에겐 안타까운 일이지만, 나는 G편의점이 생기자마자 그곳만 이용했다. 동네 중심지에서 좀 떨어진 매장 위치, 가파른 계

단, C편의점보다 훨씬 적은 품목 등 여러 가지 불편한 점이 있었다. 그럼에도 컵라면이나 삼각김밥을 먹고 싶을 땐 무조건 G편의점을 찾았다. G편의점은 손님들이 편히 먹고 갈 수 있도록 의자와 테이블도 마련돼 있었고, 컵라면 하나를 먹어도 누구 하나 눈치를 주는 법이 없었다. 나무젓가락이나 빨대는 달라고 한 내가 미안할 정도로 넉넉히 줬다. 인사도 동네 상점 중 가장 친절했다.

김 사장을 만난 건 G편의점을 이용한 지 한 달쯤 됐을 때였다. 봄인데도 초여름 이상으로 땀이 흘렀던 어느 하루, 부모님과 함께 에어컨을 빵빵하게 틀어주는 G편의점에서 라면으로 점심을 해결하는 중이었다. 매장 안에는 사장처럼 보이는 인자한 표정의 아줌마와 물건을 옮기느라 분주한 젊은 남자가 있었다. 남자는 7 대 3 가르마에 검은 안경, 대형마트나 시장에서 떨이로 충동구매했으리라 추정되는 보풀 가득한 줄무늬 티셔츠와 밑단이 닳은 청바지 차림이었다. 하얀색 운동화는 한 번도 빨지 않은 듯 군데군데 새까만 때가 많이 보였다. 그런 그에게…… 아줌마는 공손히 '김 사장님'이라 불렀다.

라면을 다 먹었을 즈음, 그 남자가 뒤통수를 연신 긁적거리며 우리 앞에 다가와 잠시 머뭇거리더니 갓 구워낸 크루아상을 내밀었다.

"이거 드셔보세요."

라면을 먹던 중 어머니가 오븐에 빵 굽는 냄새를 맡으며 "냄새 좋구나!" 하고 별 뜻 없이 한마디 하시긴 했다. 그걸 김 사장은 아주 진지하게 듣고 있었던 것. 게다가 먼저 물어보지도 않았는데, 편의점 멤버십 카드를 주면서 포인트를 적립하는 방법과 통신사 제휴 카드로 할인 받는 방법까지 친절히 알려줬다. 빛나는 눈빛으로 한마디씩 내뱉을 때마다 그의 목소리에 힘이 넘쳤다. 그 상태로 보험을 들어달라거나 정수기 한 대만 사달라고 했으면 진짜 계약서에 사인을 했을 것이다.

빨대 하나도 눈치를 보며 달라 했던 C편의점에 이골이 났던 우리 가족은 친절함으로 중무장한 김 사장에게 반하고 말았고, 그날 이후로 G편의점 단골손님이 됐다. 편의점에서 김 사장과 자주 만날 수는 없었다. 가끔 보이면 매장 이곳저곳을 돌아다녔고, 물건을 나르거나 전화를 받고 있는 등 분주해 보였다.

우리 가족은 김 사장이 워낙 열정적이라 편의점을 사방팔방 뛰어다니며 땀 흘리는 줄 알았다. 그는 옆 동네에 편의점 한 곳을 더 운영하고 있다고 했다. 30대 초반에 편의점을 두 개나 운영하는 젊은 경영자라니. 텔레비전이나 책에서 만날 수 있는 성공한 젊은 사업가 같은 느낌이 들었다. 훗날 알바를 하게 된다면 꼭 그 편의점에서 하고 싶다는 생각을 문득 했다. 김 사장의 열정을 아주 조금이라도 본받고 싶었다. 최소한 그때까지는 말이다.

두 마리 토끼를 잡아라

술과 담배를 전혀 하지 않고 게임에도 흥미가 없었던 내게 소박한 취미가 있다면 바로 글쓰기였다. 원래부터 글쓰기를 좋아했거나 특별히 문학에 큰 뜻을 품은 건 아니었다. 부산에서 제주도로 내려와 타향살이를 하면서 친구를 잘 사귀지 못했고, 그나마 사귄 친구들마저 각자 살기 바빴다. 그러다 한 잡지에서 어떤 형식의 글이라도 좋으니 써서 보내주면 원고료를 준다는 글을 발견했다. 자판기에서 커피 한 잔 뽑아 마시는 것도 서너 번씩 고민할 정도로 용돈이 무척 궁할 때였다. 그때부터 시간이 날 때마다 하얀 종이에 무엇인가 끼적이기 시작했다.

하면 할수록 글쓰기가 재밌었다. 무언가를 이야기하고 싶어 하는 내 모습이 새삼 놀라웠다. 몇몇 잡지에 글을 실을 수 있었고, 원고료와 상품까지 받았다. 부모님은 내가 공부를 열심히 할 때보다 훨씬 좋아

석의 몽타주

하시며, 진담에 가까운 농담으로 소설도 한번 써보라고 했다. 전혀 관심이 없는 척, 절대 못 쓸 것이라고 딱 잘라 말해놓고 아무도 몰래 진짜 썼다. 내가 절대 못 쓸 거 같았던 그 소설을.

그러던 내게 커다란 사건이 일어났다. 특별한 기대 없이 투고했던 소설이 출판사와 계약된 것. 그러면서 나도 모르게(어쩌면 내 마음이 간절히 바라고 있었던 것인지도 모르겠지만) 그동안 해왔던 공부를 은밀하게 내려놓았다. 출판 계약서에 도장을 찍은 날, 나는 더욱더 진지하게 글 쓰는 삶을 살겠다고 다짐했다. 글 쓰는 작업은 외로운 일이었지만, 최소한 글을 쓸 때만큼은 진심으로 즐거워하는 나를 만났다. 그것이면 충분했다. 그때쯤 오랜 지병을 앓던 어머니의 병세가 깊어졌는데, 도저히 나 혼자서는 간병할 수 없었다. 결국 아버지가 하시던 일을 그만두셨고, 집안 생계를 위해 내가 직접 무슨 일이라도 해야 했다. 공부를 때려치우고 작가가 되기로 마음먹은 건 단순한 결정이 아니었다. 나 스스로 어려운 결정을 한 것이라 글쓰기만큼은 절대 포기하고 싶지 않았다. 그러나 신인 작가인 내가 글쓰기만으로 고정적인 수입을 갖기란 튜브 하나를 의지해 망망대해에서 큰 파도와 맞서는 것이나 다름없었다. 나는 두 마리 토끼를 잡으려다 둘 다 놓친다는 옛말을 그저 옛말로만 남겨두고 싶었다. 한동안 고뇌의 시간에 빠져 지내던 중 우연히 G편의점 구인 광고를 발견했다.

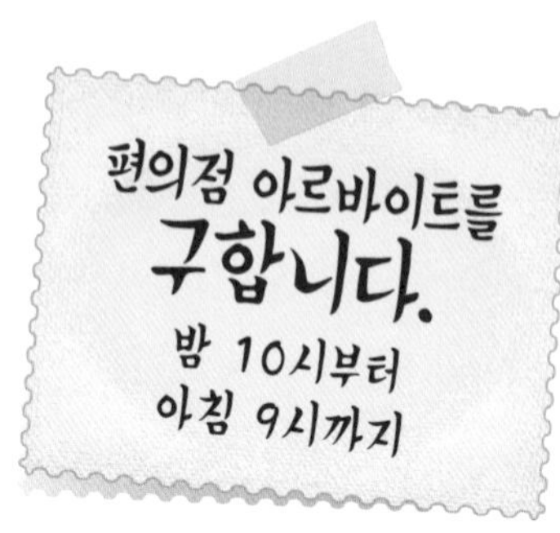

밤 9시를 넘기면 인적이 뜸한 동네의 특성상 밤새 글을 쓸 시간을 가질 수 있을 것 같았고, 근무시간이 길어서 월급도 적지 않을 듯했다. 마침 그때쯤 C편의점에서도 야간 알바를 구하고 있었다. 편의점치고는 시급이 꽤 괜찮았다. 그러나 그간 봐왔던 C편의점 주인장의 행태가 먼저 떠올랐다. 김 사장이냐, 조금 더 높은 시급이냐 둘 사이에서 사흘 정도 다시 고민한 뒤 마음의 결정을 내렸다.

"정말 하려고?"

결국 내 발길이 닿은 곳은 G편의점이었다. 아줌마 알바는 눈을 동그

랗게 떴으나 금세 얼굴빛이 환해졌다. 그동안 단골손님인 나를 유심히 지켜봤다고 했다.

"내심 같이 하면 좋을 거 같았지."

김 사장과 통화해 면접 약속을 잡았다. 앞으로 자신을 형처럼 편하게 생각하고, 어려운 일이 있으면 망설이지 말고 털어놓으라는 그의 말에 미소가 절로 나왔다. 일은 빨리 배울수록 좋은 거라며 면접 직후 자신의 차에 타라고 했다. 5분 정도 차를 타고 도착한 곳은 김 사장이 운영하는 옆 동네 편의점이었다. 편의점 앞에는 대형 탑차가 서 있었고, 본사 직원이 파란색 컨테이너 상자를 분주하게 옮기고 있었다.

"같이 하자."

그 배송 직원은 편의점 입구에 컨테이너 상자를 잔뜩 쌓아두고 홀연히 사라졌다. 도대체 내가 왜 여기에 왔는지 따질 겨를조차 없었다. 술, 과자, 라면, 각종 생활용품 등 쏟아질 듯 쌓인 물건을 본능적으로 옮기느라 영혼과 육체가 분리되고 있었다. 어느덧 세 시간이 훌쩍 지났고, 팔다리의 에너지가 모두 소진됐다. 거울 속 내 얼굴엔 다크서클이 '광개토대왕'으로 변신해 거침없이 영토를 확장하고 있었다. 얼추 물건 정리가 되자 배에서 식량 공급을 요청하는 긴급 신호를 보내왔다.

김 사장과 함께 근처 식당에서 밥을 먹으며 편의점을 왜 시작했고, 원래 하고 싶었던 일이 무엇이었는지 등등 이런저런 얘기를 나눴다. 각종 사업 아이템을 늘어놓는데, 나는 이때부터 김 사장이 결코 편의점 운영으로만 만족할 배포가 아니라는 걸 알아차렸다.

다시 원래 일할 점포로 돌아와서는 김 사장의 교육이 시작됐다. 그는 아르바이트 가이드라인이 적힌 소책자를 가져오더니 그중에서 포스기 사용법만 집중적으로 알려줬다.

"이렇게만 누르면 돼. 알았지?"

김 사장은 내가 촛불스러운 기억력의 소유자인지 모르는 듯했다. 가이드라인을 딱 한 번 읽어주고는 내가 직접 눌러보게 하면 끝이었다. 재차 물어보려고 했으나 빨리 끝내자고 종용하는 김 사장. 뭔가 상당히 많이 빼먹은 듯했다. 난 편의점 알바는 처음이라서 도대체 무얼 더 물어봐야 할지도 몰랐다. 그 밖에 청소와 물건 진열 등은 '알아서' 하라고 했다. 내일부터 출근하기로 한 나는 그에게 걱정하지 말라며 주먹을 불끈 쥐어 보였다.

첫 출근의 설렘은 영혼의 가출로

"다녀오겠습니다!"

"수고해라!"

부모님과 인사를 나눈 뒤 자전거에 올라탔다. 집에서 편의점까지는 자전거로 십여 분 거리. 잔잔하면서도 향기로운 밤바다를 곁에 두고 페달을 밟으면 새삼 상쾌했다. 가로등 하나 없지만 그저 내 영혼을 닮아 자유로운 자전거와 바다의 노랫소리면 어둠 따위는 나를 움츠러들게 하지 않았다. 밤 9시 50분, 편의점에 도착해 저녁 시간을 담당하는 아줌마와 처음 인사를 나눴다. 어깨가 나보다 정확히 1.5배 이상 넓고 얼굴은 너부데데하며 목소리가 걸걸한 것이 사극에 나오는 장군처럼 기백이 넘쳐 보였다.

"느가 새로 알비헐 아이로구나!"

어회센터

분명 처음 본 얼굴인데, 아줌마는 오랫동안 알고 지낸 사람처럼 양팔을 번쩍 들고 나를 환영했다. 무려 10분이나 일찍 왔다며 고카페인 에너지 음료를 하나 사주고 특별한 대화 없이 바람처럼 사라졌다. 알바를 시작하는 첫날이니 밤을 새우는 것까진 아니더라도 몇 시간쯤은 김 사장이 함께 있을 줄 알았다. 통화를 시도했지만 돌아오는 건 기계로 말끔하게 다듬은 여자 목소리뿐이었다.

사무실에 들어가서 유니폼을 챙겨 입었다. 유니폼이라고 해봐야 조끼가 전부지만 맞춤복처럼 몸에 딱 맞았다. 내 이름이 적힌 명찰을 달고 나서 포스기를 찬찬히 살펴봤다. 포스기 작동 방법은 이렇다. 우선 왼편에 세로로 나열된 '객층키(손님의 성별과 연령대를 구분하는 버튼)'를 누르고 스캐너로 제품의 바코드를 찍는다. 손님에게 합계가 얼마인지 알려준 뒤, 멤버십 카드가 있냐고 물어본다. 현금을 받으면 금액을 먼저 입력하고 현금 버튼을 누른다. 현금영수증 발행 여부를 물은 뒤 등록 버튼을 누른다. (신용카드는 오른쪽에 있는 카드결제기에 간단하게 긁으면 된다.) 그러면 돈 통이 탁 튀어나오는데, 화면에 표시된 거스름돈을 손님에게 내주면 끝이다.

첫 손님이 오기 전까지 포스기 작동을 반복하며 연습했다. 점차 손가락이 현란하게 빨라지던 차에 첫 손님이 등장했다. 20대 후반의 여자 손님인데 커피와 과자 등 주전부리를 잔뜩 가져왔다. 바코드를 찍으면서 행여나 빠뜨린 물건이 없는지 서너 번을 거듭 확인했다. 속으로 '현금이나 신용카드 중 어떤 것이든 들이대라, 들이대!' 자신감을 넘어 자만감까지 무장했다.

"포인트로 결제해주세요."

여자 손님은 뜬금없이 편의점 포인트 적립카드를 내밀었다. 포인트 적립은 매뉴얼에 있어서 여러 번 연습했었다. 그러나 포인트로 결제하는 방법은 배운 기억이 없었다. (김 사장은 분명 알려줬을 테지만, 나의 촛불 같은 기억력이 문제였을 듯.)

"네?"

정확히 이 말만 다섯 번을 반복했다. 이내 손님의 미간에는 내 천川자 주름이 생겼고, "포인트로 결제해달라고요"라며 또박또박한 발음에 짜증이 한껏 섞였다. 아주 잠깐이었지만 순식간에 눈앞이 흐릿해졌고 이마에서 땀이 수돗물처럼 흘러내렸다. 어떤 버튼을 눌러야 할지 몰라서 "죄송합니다. 잠시만 기다려주세요"라는 말만 반복하며 포스기의 버튼이란 버튼은 다 눌렀다. 뜬금없이 반품이 되었다가 교통카드 충전 화면이 나왔다가 택배 접수 화면이 나왔다가…… 이마에 흐르는 땀에 이어 어느새 눈물까지 맺히고 있었다.

손님의 한숨이 깊어질 때에야 겨우 포인트 결제창을 띄웠다. 검정 비닐봉지를 가로채듯 낚아 사라져버린 그녀의 뒷모습에서 찬바람이 불어와 내 뺨을 강타했다. 이제 겨우 한 손님만 받았을 뿐인데, 진땀이 흘렀고 심장박동은 무한 펌프질을 반복했다. 두 다리에 힘까지 풀려 잠시 주저앉았다가 일어나 다음 손님을 맞이해야 했다.

빗자루, 걸레, 영수증 종이(공식적으로는 '감열지'라고 부른다), 화장지 등 필요한 것을 찾으려면 편의점을 이 잡듯 뒤져야 했다. 고생 끝에 물건을 찾으면 보물이라도 발견한 듯 혼자 웃어댔다. 물건의 위치를 물었던 손님이 결국 직접 물건을 찾아와 계산하기도 일쑤였다. 앞뒤 다 자르고 "그것 좀 줘"라고 말하는 손님의 '그것'을 알아차리기 위해 "네?"를 반복하다가 결국 나사 빠진 프랑켄슈타인처럼 밤을 지새웠다.

밤새 김 사장은 연락이 없었고, 전화를 해도 받지 않았다. 그래도 난 애써 내 안에 긍정 에너지를 생성하려고 노력했다. 아무래도 김 사장은 알바생의 자립심이 강해지길 원하는 거라고. 진짜 그렇게라도 생각하고 싶었다. 첫 출근의 밤은 그렇게 1년처럼 길었다.

누가 그곳에 지도를 그렸는가

'현대판 만물상'이라고 해도 과언이 아닌 편의점. 그러나 전지전능할 것 같은 편의점에 딱 하나 없는 것이 바로 화장실이다.

내부 장기의 배설과 소화활동이 지나치게 활발한 나에게 화장실은 심각하게 중요한 문제였다. 첫날은 화장실에 다녀올 정신도 없이 반좀비 상태에서 밤을 지새웠고, 이틀째 되던 날부터는 현실적으로 화장실이 급했다. 아줌마 알바생 두 분에게 화장실을 어떻게 쓰냐고 물었더니, 놀랍게도 퇴근할 때까지 방귀와 하품 등을 제외한 화장실에서 해결할 생리 현상을 꾹 참아낸다고 했다. 화장실이 있긴 있냐는 내 질문에, 있긴 있는데 안 써봐서 모르겠다는 답이 사전에 입을 맞춘 듯 돌아왔다. 김 사장과 통화를 시도했지만, 이번에도 자동 안내를 담당하는 여사 목소리가 나왔다. 나중에 밥이나 한 끼 먹자고 할 만큼 자주 듣는 목소리였다. 홀로 남은 나는 필사의 각오로 김 사장이 받을 때까지 전화를 걸었다. 통화 연결음이 자동 안내하는 여자 목소리처럼 들릴 때쯤 졸음이 잔뜩 낀 목소리가 들려왔다. 도대체 화장실은 어디 있냐는 내 질문에 김 사장은 바로 답이 없었다.

"글쎄…… 화장실이 있긴 있는데, 열쇠가 없어."

열쇠가 없으면 어떻게 하냐고 물었더니 또 바로 대답이 없다. 전화가 끊어졌나 싶어서 "여보세요. 이거 보세요. 저기요? 사장님. 김 사장!" 하고 다그쳤더니 모기만 한 김 사장 목소리가 들려왔다.

"음, 그게 말이야…… 아무래도 건너편 건물에 있는 화장실을 써야겠어."

건너편 분식집과 택시 콜센터 사무실 사이에 한 사람이 겨우 들어갈 수 있는 검은 철제문이 있다고 했다. 그 문을 열고 들어가면 역시 한 사람만 겨우 들어갈 수 있는 콘크리트 건물이 나오는데, 바로 거기 화장실을 쓰라고 했다. 택시 콜센터 전용 화장실이지만 아무나 써도 상관없다고. 말이 건너편이지 2차선 도로를 무단횡단하고 남의 집 대문을 통과해 화장실에 가라는 것이다. 시골 동네지만 새벽에도 차가 자주 다니고 달리는 속도가 고속도로 못지않았다. 걱정과 과장을 살짝 보탠다면 목숨을 걸고 화장실에 다녀오라는 것인데, 내겐 선택의 여지가 없었다. 며칠 내로 해결해준다는 김 사장의 말만 철석같이 믿고, 양방향으로 세차게 달리는 자동차를 요리조리 피해 화장실에 갔다. 쪼그려 앉아 볼일을 보고 줄을 당겨야만 물이 내려가는 아날로그적인 곳이었지만, 화장실이 있다는 그 자체로 감사하며 한동안 무리 없이 이용했다.

보름쯤 되었을 때 예상치 못한 일이 일어났다. 손님이 사다준 바나나 우유를 마시고 한 시간 뒤에 '고래'가 오신 것이다. '흰긴수염고래'라고도 불리는 대왕고래다. 갑자기 대장과 소장에 격렬한 압박이 느껴졌고, 내 의지와 무관하게 괄약근에 힘이 잔뜩 들어갔다. 카운터 위에 올려둔 손거울로 얼굴을 살펴봤다. 눈은 싱크홀 현상이라도 생긴 듯 움푹 들어갔고, 입술은 퍼렇게 바짝 말라갔다. 덥지도 않은데 식은땀이 났고 얼굴색이 점점 하얗게 변해갔다. 한 손님은 어디 아프냐고 물어보기도 했다. 차마 배라고는 말할 수 없었다. 반드시 필요한 말이 아니고서야 그 어떤 말도 아껴야만 했다. 괄약근이 도저히 버틸 수 없다는 마지막 방어 신호를 온몸에 전달했다.

당장 가야만 했나. 어떻게든 가야만 했다. 잠시 편의점 문을 닫을 수

밖에 없었다. 뱃속에서 춤추는 대왕고래 한 마리를 바다로 방생한 뒤 편의점으로 돌아왔는데, 한 여자 손님이 팔짱을 낀 채 구두를 바닥에 딱딱거리며 서 있었다. 눈꼬리는 바짝 올라갔고, 얼굴은 시뻘겋게 달아올랐다. 무슨 일일까? 최대한 빨리 끊고 달려온 터라 오래 기다려봐야 3, 4분 정도였을 텐데.

"혹시 저기 화장실 썼어요?"

그 손님은 나를 위아래로 수차례 훑으며 째려봤다.

"왜 우리 화장실 써요?"

그녀는 건너편 택시 콜센터 직원이었다. 아니, 대체 화장실을 왜 썼겠는가. 목구멍까지 올라오는 짜증을 최대한 가라앉히고 차분히 자초지종을 얘기했다. 그러자 여자는 헛웃음을 내뱉었다.

"우린 쓰라고 한 적 없거든요? 화장실 쓰지 마세요."

이건 무슨 흑돼지 구워 먹으면서 음매, 할 소리인가. 얘기를 들어보니 예전에 김 사장이 급하게 화장실을 한 번만 쓰게 해달라고 해서 사용하게 해줬다는 것이다. 김 사장은 한 번 사용했으니 지속적인 사용권을 얻은 줄 착각했던 것이고, 여자는 갑자기 화장실이 더러워지고 휴지가 사라졌다느니, 나더러 들으라는 듯 구시렁거렸다. 내 손에 들린 휴지가 괜스레 범죄(?)의 증거로 지목된 듯했다. 난 분명 조심해서 화장실을 썼고 절대 남의 휴지를 쓴 적이 없는데, 허락 없이 화장실을 갔다는 이유로 더럽고 치사한 좀도둑으로 몰린 상황이었다. 억울한 사정을 말하려 했으나 그녀가 먼저 편의점 안으로 들어가버렸다. 그녀는 물건을 계산하면서 다시 한 번 절대 화장실 쓰지 말라고 단단히 못을 박았다. 당장 급하면 어쩌느냐는 애원이 잔뜩 서린 내 질문에 단 1초도 망설이지 않고, "그건 댁이 알아서 하세요" 하며 눈을 흘겼다.

김 사장은 최대한 빨리 건물주와 협의해 화장실 문을 열어주겠다고 했지만, 다음 날도 그다음 날도 문제의 문은 열리지 않았다. 궁여지책으로 걸리면 10만 원 이하의 벌금, 구류 또는 과료 등을 내야 하는 '노상방뇨'라는 경범죄를 저질렀다. 얼마 뒤 노상방뇨하는 모습을 동네 할아버지에게 들키고 말았다.

"원, 녀석도……."

알 수 없는 미소만 남기고 사라진 할아버지와 눈이 마주친 이후로 노상방뇨도 쉽게 할 수 없었다. 물을 안 마실 수도, 일하면서 밥을 안 먹을 수도 없는 상황에서 최소 한두 번은 화장실에 가야 했다. 김 사장은 성 못 참겠으면 파출소라도 가라는(이미 내가 알고 있는) 깨알 같은 정보를 알려줬다. 파출소를 몇 번 이용해봤지만 어쩐지 눈치가 보였고, 거리가 멀어 다니기도 부담스러웠다.

큰 볼일은 최대한 적게 먹어 퇴근 전까지 참아보기로 했다. 그러나 작은 일은 쉽지 않았다. 팔굽혀펴기와 윗몸일으키기를 하며 땀을 최대한 배출했지만, 강력히 압박해오는 방광을 어쩔 수 없었다. 그날따라 편의점 뒤편에 있는 노상방뇨 전용 골목도 동네 할아버지들이 술에 취해 먼저 일을 보던 중이었고, 파출소는 동네 사람들끼리 싸움이 붙어 경찰이 모두 자리를 비운 상태였다. 혹시나 하는 기대를 걸고 편의점 건물 화장실로 달려갔지만, 역시 문은 굳게 잠겨 있었다. 문을 밀고 당겨도, 다른 열쇠를 넣어도, 발로 뻥 차도 달라지는 건 없었다. 그사이 방광의 압박은 한계에 도달했으니…… 조금만 더 참으면 이후 발생하는 사태는 책임질 수 없다는 초특급 경고 신호가 아랫배에 전달됐다. 내 손은 본능에 가깝게 바지 지퍼를 내렸다. 몇 분 뒤, 어두운 화장실 문 앞에는 거품이 들어간 액체 지도가 선명하게 드러났다.

다음 날, 최소한 열흘 이상은 열리지 않을 것 같던 화장실 문이 열렸다. 김 사장이 건물 주인과 담판을 짓고 비용을 반씩 부담해 화장실 열쇠를 새로 맞췄다고 했다.

"누가 화장실 문 앞에 오줌을 싸질러놨다더라. 건물주가 기겁하고 열쇠 수리공을 불렀다던데. 넌 누가 그랬는지 아냐?"

김 사장, 과연 몰라서 물어본 걸까? 난 그저 본능에 충실했을 뿐.

P.S. 며칠 뒤 콜센터 여직원이 다시 편의점에 찾아왔다. 여전히 무언가 불만스러운 표정으로 나를 훑어보더니 화장실을 써도 좋다고 했다. 아주 큰 인심이라도 쓴 듯 피식 웃기도 했다. 참 내, 병 주고 약 주기가 바로 이런 것이란 말인가. 그동안 그 손님이 오면 포스기 객층키에 '20대 여'로 눌렀다. 실제 나이는 정확히 모르지만 중학생 딸을 둔 엄마치고는 동안이었으니까. 그러나 화장실 사용하지 말라던 그날부터 무조건 '50대 여'로 찍었다. 나중에 알게 되더라도 뭐 어쩌겠나, 이것이 내가 유일하게 할 수 있는 소박한 응징인걸. 많이 먹고, 많이 싸고, 만수무강하시길!

감히 당신께 '1호'의 영광을!

새벽 1시, 도시는 아직 열기로 가득할 시간. 내가 사는 이곳은 9시 40분 막차 시간 이후에 인적이 더 뜸해진다. 자정이 넘으면 거리에 사람보다 고양이가 더 많아지고, 그나마 다니는 사람들은 택시 기사, 경찰, 취객이 대부분이다. 문제는 그중 취객이 편의점에 찾아온다는 것. 사람을 상대하는 곳이 대부분 그렇듯 편의점에도 온갖 기기묘묘한 괴인들이 자주 출몰한다.

편의점 안에서 금연은 당연한 상식인데, 취객들은 그런 상식은 지나가던 고양이나 물어 가라는 듯 당당히 담배를 피우며 들어온다. 다짜고짜 술을 달라고 하고 안에서 술을 마시겠다고 고집을 피우는 사람들도 많다. 안 된다고 하면 죄 없는 '개의 자녀, 소의 자녀'를 동원한 욕설 폭격으로 나의 분노를 이끌어냈다. 그래도 난 알바생이기에 이럴 때마다 솟아나는 감정을 최대한 억눌렀다.

가끔은 번호표로 순서라도 정해놓은 듯 취객들이 돌아가면서 편의점을 방문했다. 겨우 화를 참는다고 해도 그들이 돌아간 후 나도 모르게 눈가가 촉촉해지는 건 어쩔 수 없었다.

하루라도 바람이 불지 않으면 섭섭한 우리 동네에 그날만큼은 바람 한 점 불지 않았다. 별은 초롱초롱했고 출근길에 만나는 바다는 깊은 수면에 빠진 듯 잔파도 소리 한 번 없이 고요했다. 편의점 앞에 꼭 한 명은 있을 법한 취객도 보이지 않았고, 맥주캔이나 소주병이 편의점 앞에서 정처 없이 나뒹굴지도 않았다. 앞 시간에 근무하던 누님은 평화로운 하루였고 나 역시도 아무 일 없이 상쾌하게 근무할 수 있을 것이라며, 호방한 웃음으로 예언한 뒤 퇴근했다. 매장 안에는 파리 한 마리만이 고공과 저공을 넘나들며 비행 중이었다.

담배 재고를 파악하고 폐기로 남은 도시락까지 먹으니 어느덧 새벽 1시가 됐다. 창 밖을 보니 갑자기 나무가 세찬 바람에 격렬히 춤추기 시작했다. 유리창으로 올려다본 하늘에는 먹구름이 잔뜩 몰려와 초롱초롱한 별과 오래간만에 탐스럽게 뜬 보름달까지 가렸다. 원래 제주도는 비가 왔다가도 햇빛이 쨍쨍하고, 반대로 구름 한 점 없는 하늘에서 뜬금없이 폭우가 쏟아지곤 한다.

"사랑은 아무나 하나. 쏴랑은 아무나 하나."

거센 바람 속에서 흐린 발음이지만 구성짐만큼은 명확한 노랫가락이 들려왔다. 곧이어 편의점 문이 열리고 중년의 남자가 들어왔다. 구석구석 흰 머리카락이 가득한 짧은 스포츠머리, 사흘 밤은 꼬박 새운 듯 퀭한 눈, 허연 딱지가 덕지덕지 달라붙은 수염으로 가득한 입가. 분명 하얀색이었을 윗옷은 누렇고 시커먼 때로 가득했고, 감색 면바지는 땅바닥에 질질 끌려 실밥을 드러냈다.

"못 보던 알반데?"

그 남자의 입에서 위장과 식도를 거쳐 푹 발효된 막걸리 냄새가 진하게 풍겨왔다. 난 콧구멍에 들어오는 모든 산소를 차단하고, 애써 미소를 지어 보였다. 그는 갈 지之 자의 현란한 스텝을 선보이며 냉장고 앞으로 다가가 막걸리를 빤히 쳐다보다가 옆에 있는 병맥주를 집어 들고 비틀거리며 카운터로 왔다. 나는 얼른 계산을 하고 병맥주를 봉지에 담아 건네며 감사하니 다음에 또 오라는 아주 직업적인 인사말을 남겼다. 그런데 그가 들었던 비닐봉지를 다시 계산대 위에 내려놓았다. 일부러 노색이라도 한 듯 누렇게 변한 이를 드러내며 해맑게 웃더니 느닷없이 나를 향해 손을 불쑥 내밀었다.

"알바야, 악수하자."

나는 얼떨결에 남자가 내민 손을 잡았다. 그는 아귀에 스리슬쩍 힘을 주었고, 나도 지지는 않았다. 그는 내가 친절하면서도 전체적으로 남자다운 기색을 내뿜는다며 호탕하게 웃었다. 그런 의미로 맥주 한 잔만 마시고 가겠다며 일방적인 통보를 했다. 편의점 안에서 술을 마시는 건 관련 법규상 금지다. 그동안 몇몇 손님이 어떻게든 마시려 했지만, 난 단호하면서도 정중하게 불가하다고 설명해왔다. 여태껏 불만을 내뱉더라도 조용히 돌아가는 손님이 대부분이었다.

"딱 한 잔만 하겠다니까. 사람이 뭐 그리 빡빡해!"

남자는 신발에 순간접착제가 붙은 듯 꿈쩍도 하지 않았다. 맥주를 샀으니 안에서 한 잔 정도 마시는 건 당연한 권리라며 오히려 나를 나무랐다. 사람이 융통성이 부족하면 안 되고, 배포가 커야 한다는 훈계 아닌 훈계는 덤이었다. 그는 양팔과 다리를 쫙 펴고 버텼다. 뒤에서 기다리던 다른 손님은 물건을 도로 제자리에 놓고 그냥 나가버리기까지 했다. 꽤나 불편한 자세로 버티던 그는 좀처럼 흥분을 가라앉히지 않고, 점점 더 목소리를 높였다.

편의점의 평화를 수호하기 위해 어쩔 수 없이 음주 불가라는 절대 원칙을 깨고, 딱 한 잔만 허용했다. 그런데 이게 웬걸. 나더러 술을 따르라는 것이 아닌가. 여기가 무슨 단란한 주점도 아니고, 유흥한 주점 역시 아닌데…… 그래도 어쩌겠나, 이 진상 손님을 최대한 빨리 내보내는 게 당장 닥친 큰 임무였다. 떫은 감을 씹은 듯 내 표정이 절로 일그러졌지만, 이내 애써 미소 지으며 종이컵에 맥주를 가득 채웠다. 그는 단숨에 맥주를 들이켜더니 쌩긋하며 다시 종이컵을 내밀었다.

"한 잔 더."

이건 또 뭔가. 그의 행동에는 전혀 망설임이 없었다. 오히려 당연하다는 듯 당당했다. 알 만한 분이 왜 이러시냐며 이제는 그만 들어가시라고 좋게 말했다.

"거참, 한 잔만 더 주면 갈게!"

도리어 짜증을 내는 그, 알 만한 분이라고 생각했던 건 나의 지독한 착각이었다. 다른 손님에게 방해되니 어쩔 수 없이 한 잔을 더 따랐고, 한 잔 두 잔이 어느새 다섯 병이 되고 말았다. 아예 편의점 테이블에 자리 잡고 앉은 그는 손님이 없을 때마다 나를 자신의 맞은편에 앉혔다. 그리고 "내가 왕년에 말이야"로 시작되는 자신의 과거사를 전혀 일목요연하지 않게 읊었다. 한때 조폭 생활을 했는데 대한민국을 주름잡던 형님의 친구와 친한 동생의 사촌이 자신과 둘도 없는 사이였고, 전과가 지네 다리보다 훨씬 많고, 동네 사람들은 자기만 보면 두려워서 모두 피한다는, 그렇고 그런 얘기였다. 권투 하듯 가드를 올린 자세로 허공에 주먹을 휘두르며 입으로 휙휙 소리를 내더니 "이건 입에서 나는 소리가 아니야. 알아?" 하고 으스댔다. (진짜 입에서 난 소리는 아니었다. 콧구멍에서 난 소리였다.) 어디서 많이 본 듯한 이야기와 대사로 내 눈은 납덩이를 붙인 듯 무거워졌다.

"알바가 졸면 되냐!"

여태껏 야간 알바로 근무하면서 어떠한 강력한 졸음이 찾아와도 굳건히 버텼다. 하지만 그의 얘기를 듣고 있노라면 단 5분도 내 눈을 어찌해볼 도리가 없었다. 그는 계속 술을 따르라고 했고, 알바란 무엇인가, 왕년에 자신은 절대 이런 적이 없었다는 얘기를 무한 반복했다.

또다시 졸음이 백만 대군을 몰고 왔다. 고개가 중력의 법칙에 충실하여 자꾸만 아래로 내려가려 할 때, 전혀 예상치 못한 말이 내 귀를 기습했다.

"귀한 강의를 해줬으니까, 네가 술 한 병 사."

이건 또 무슨 동네 똥개가 '야옹' 하면서 입에 물고 있던 뼈다귀로 지나가던 들쥐의 뒤통수를 후려치는 소리인가. 난 심히 어둡게 물든 얼굴빛으로 단호히 손을 내저었다. 애써 차분한 말투로 이제는 집에 들어가실 때가 아니냐고 물었다. 그러자 그는 안구에 핏줄이 터질 만큼 눈을 크게 부릅떴다. 휴지통을 들고 던지려는 시늉을 하고, 테이블을 발로 차기까지 했다. 테이블이 넘어지면서 내 팔이 긁히고 말았다. 내가 이를 꽉 깨물자 그 취객은 내 눈을 똑바로 보더니 픽, 하고 웃었다.

"전화해."

어디다 전화해야 되냐고 물으니 그가 편의점 맞은편에 있는 파출소 직통번호를 알려줬다. 112에 걸면 괜히 경찰서의 경찰관들까지 귀찮아지니 깔끔하고 재빠르게 바로 앞에 있는 동네 파출소 경찰을 직접 부르라는 것이다. 안 그래도 전화를 걸려고 마음먹던 참이었는데, 막상 선뜻 손이 가지 않았다. 그는 무얼 망설이느냐며 자신의 이름을 말해줬다. 자기 이름만 대면 파출소 경찰들이 알아서 달려온다고.

5분 뒤 경찰관 두 명이 느릿느릿 걸어왔다. "어, 왔어?" 하며 친구나 동료를 부르듯 반갑게 손을 흔드는 그 취객에게, 경찰들은 마치 아이돌 가수가 안무를 맞춘 것처럼 동시에 눈을 바짝 세웠다. 그중 나이가 조금 더 많아 보이는 경찰은 허리에 손을 얹더니 좋은 말로 할 때 얼른 들어가시라고, 절대 좋지 않은 말투로 경고했다.

"에이, 김 경사야. 나 딱 한 잔만 더 마시고 갈게! 내가 기분이 좋아서 그래."

"됐고. 어서 나갑시다!"

경찰들은 그의 말을 들은 척도 않고 바닥에 드러눕다시피 한 취객의 양팔을 한쪽씩 잡고 편의점 밖으로 거칠게 끌어냈다. 그는 우리나라에 존재하는 어지간한 육두문자를 모두 내뱉으며 일단 밖으로 내쫓겼다. 그러나 이 정도로 곱게 들어갈 사람이었다면 어쩌면 '진상 1호'의 자격이 안 되었을지도 모를 일이다. 편의점 문 앞에서 경찰과 대치한 그는 동네가 영영 떠나가도 원이 없을 정도로 고래고래 소리를 내질렀다. 경찰들은 처음에는 윽박지르다가 조용히 달래보기도, 또 수갑을 보여주며 당장 체포하겠다는 말도 했지만 별 소용이 없었다. 진상 1호는 맥주 한 병으로 목마른 자신을 달래주라고 바닥에 주저앉아 거침없고 심히 능숙한 발버둥을 보여줬다. 그 와중에 갑자기 복통과 두통, 신경통까지 호소했고 휴대전화로 119구급대원을 불러내는 기염을 뿜어냈다. 황급히 달려온 구급대원은 외상이 전혀 없는 그의 머리에 붕대를 매줬고, 멀쩡해 보이는 허리도 붕대로 칭칭 감아준 뒤 돌아갔다. 결국 경찰은 그에게 맥주 한 병과 새우 맛 과자 한 봉지를 사주고, 집까지 도저히 걸어서 못 가겠다는 그를 순찰차에 태워 엎드려서 코가 닿고도 남을 집까지 태워다줬다.

'이제는 좀 괜찮아지겠지'라고 생각한 지 고작 한 시간도 안 됐을 때였다. 바깥에서 친숙한 노랫소리가 다시 들려왔다.

"사랑은 아무나 하나. 쏴랑은 아무나 하나."

제발 다시 오지 말라는 나의 간절한 바람은 허공에 그저 맴돌 뿐이었다.

비가 오면 난 17세 소녀로 변해

비가 내린다. 촉촉한 비가 땅을 사뿐히 적신 지금, 언젠가 내게 있었을 첫사랑의 아련함을 떠올려 서정적인 시 한 편을 쓰고 싶었으나 안타깝게도 나의 감수성을 오래 유지할 수 없었다. 그즈음 새로운 손님이 등장했기 때문이다.

근처 콘도에 단체 관광객이 숙박한 덕분에 그날따라 편의점은 심하게 바빴다. 출근해서 두세 시간 동안 잠시 앉아서 쉬기는커녕 물 한 모금 마실 새가 없었다. 기계처럼 "어서 오세요!" 하면서 먼저 온 사람의 물건을 계산했고, 비닐봉지에 물건을 담다 보면 또 다른 손님이 등장했다. 혼자서 포스기 두 개를 동시에 가동하는 내 능력을 처음으로 발견할 수 있었다. 새벽 2시가 되어서야 쉴 새 없이 몰려오던 손님이 뜸해졌다. 그사이 나는 유통기한이 지난 도시락으로 허기를 채우고 있었다. 얼핏 밖을 보니 녹이 잔뜩 슨 1톤 트럭이 보였다. 흡사 지리산 반달곰을 떠올릴 만한 커다란 그림자가 트럭에서 내려 편의점 안으로 들어왔다. 검은색 군용 점퍼에 얼룩무늬 바지, 산발에 가까운 곱슬머리, 살집이 두둑한 얼굴, 반쯤 풀린 눈은 바늘처럼 가늘었다. 아기 주먹을 갖다 붙인 듯한 뭉툭한 코, 광대뼈가 제주 오름처럼 볼록 튀어나온 것이 중국 황실의 개 '차우차우'랑 98.5% 이상 닮았다. 그가 한 발자국씩 내디딜 때마다 바닥에 진동이 울렸고, 무엇이라 딱 꼬집어 표현할 수 없는 삭막한 기운을 내뿜어 등골이 절로 오싹했다. 그는 느리지만 묵직한 걸음으로 소주 한 병과 맥주 한 캔, 과자 한 봉지를 들고 카운터 앞에 왔다.

"계산해주세요."

바리톤이 동굴에서 열창하듯 중저음으로 웅장하게 울리는 목소리였다. 한 잔만 마시고 간다고 했는데, 거부하면 내 생명 유지를 타의적으로 거부하게 할 듯 눈빛이 칼끝처럼 날카로웠다.

그는 카운터 맞은편 테이블에 자리를 잡았다. 맥주를 마시며 창문에 떨어지는 빗방울을 하염없이 바라보고 있었는데, 입가에 살포시 미소를 짓고 있었다. 혹시라도 취해서 무슨 짓이라도 저지르지 않을까,

신경이 온통 곤두섰지만 애써 평온한 척 일에 열중했다. 캔맥주를 다 비우고 소주병을 따기 전 그가 내게 다가왔다.

"저기…… 종이컵 하나만."

굵직한 목소리에 조심스러움이 묻어났다. 종이컵은 한 개에 50원에 판매하고 있다. 단골손님에게 가끔 한두 개쯤은 그냥 주기도 하지만 그런 게 아니면 꼭 돈을 받았다. 그러나 이번만큼은 그럴 수 없었다. "돈 줘요?" 하고 그가 묻기에 난 반사적으로 "그냥 드리겠습니다!" 하고 대답해버렸다. 그는 소주를 천천히 마시며 유리창에 떨어지는 빗방울을 감상하느라 여념이 없었다. 침묵은 꽤 오랜 시간 이어졌다.

피곤과 졸음이 절정에 이르는 새벽 4시, 그사이 편의점 테이블 위에 맥주캔과 소주병이 여러 개 쌓였다. 안 그래도 반쯤 풀린 그의 눈, 나머지 반도 더 풀린 눈으로 나를 쳐다봤다.

"그거 알아요?"

뭔지 몰라도 안다고 대답해야 할 것 같았다. 난 침을 꼴깍 삼키며 다음 말을 기다렸다.

"나는 말이에요. 비가 오면 내 속에 있는 소녀가 울어요."

허, 이건 또 무슨 말인가. 어느새 그의 눈가가 촉촉이 젖어들고 있었다. 생명을 지키려면 안다고는 해야 할 거 같은데, 이건 진짜 모르겠다. 설마 내가 그의 성별을 잘못 알아본 것인가.

"촉촉하게 내리는 빗방울만 보면, 난 열일곱 살 소녀가 되거든요. 이 비의 노랫소리 아름답지 않나요?"

내 머릿속에는 어떤 대답도 떠오르지 않았다. 마가린을 밥숟가락으로 듬뿍 떠먹고 식용유로 입가심한 것처럼 속이 매슥거리는 듯했다. 그는 무슨 말을 더 할 듯하다가 걸려온 전화를 받고는 다음에 다시 온다며 급히 트럭에 몸을 싣고 사라졌다.

이때쯤 비가 자주 내렸다. 그는 소낙비보다 보슬비가 내릴 때에 등장했다. 덕분에 그가 말한 '다음에'는 생각보다 빨리 찾아왔다. 새벽 1시가 넘어설 무렵, 인적은 잠잠해졌고 빗방울은 약간 더 거세졌다. 편의점 앞에는 누렇게 녹이 슨 파란색 1톤 트럭이 들어섰다.

"또 보네요."

처음 방문했을 때처럼 소주와 맥주를 사고 거부할 수 없는 눈빛으로 날 바라보며 한 잔만 마시고 가겠다고 했다. 남자 둘만 있는 편의점에는 미묘한 긴장감이 감돌았고, 금세 두 시간이 흘러갔다. 청소하고 물건을 정리하면서 그의 동태를 계속 살폈다. 그는 비닐봉지에 캔맥주

를 감싸고 한 모금씩 마시며 떨어지는 빗방울에 눈물을 글썽였다. 그런데 순간 고개를 돌린 그와 눈이 마주쳤다. 눈망울마저도 차우차우와 닮은 그와 무려 10초씩이나 눈맞춤을 했다. 그의 눈가에 눈물이 그렁그렁했다.

"그거 뭐예요?"

그의 손가락이 카운터 오른편을 가리켰다. '동글이'라고 부르는 교통카드 인식기 위에 책을 두 권 올려놓았는데, 내가 쓴 소설 『그 녀석의 몽타주』였다. 근무하는 시간만큼이라도 작게나마 사람들에게 노출하고 싶은 소박한 홍보 활동이었다. 처음에는 그냥 재밌는 책이라고 대충 둘러댔다. 그랬더니 그가 육중한 몸을 일으켜 카운터로 성큼성큼 걸어왔다. 나도 모르게 몸이 뒤로 슬쩍 물러났다. 그가 책을 들고 이리저리 살펴보더니 내 이름표와 번갈아 봤다.

"그쪽이 쓴 거예요?"

나는 얼떨결에 고개를 끄덕였다. 그러자 그가 보통 알바가 아니라며 대뜸 악수를 청했다. 그는 지갑에서 만 원을 꺼내 책 한 권을 품에 안았다. 난 고맙다는 인사를 거듭하며 정성껏 사인을 해줬다. 이런 경험은 처음이라며 가볍게 폴짝폴짝 뛰던 그, 책을 다 읽고 난 다음에 다시 오겠다고 했다.

장마철도 아니었는데 비가 하루걸러 한 번씩 내렸다. 그가 말한 '책을 다 읽고 난 다음'은 며칠 걸리지 않았다. 이번에는 내 출근 시간에 맞춰 왔고, 이미 얼굴이 시뻘겋게 달아올라서 알코올 냄새를 온몸으로 풍기는 중이었다. 그가 나를 보자마자 대뜸 손을 내밀었다.

"차 작가!"

촉촉하게 젖어든 눈으로 나를 쳐다보며, 다른 손님이 올 때까지 악수를 멈추지 않았다. 내 책을 감명 깊게 읽었다며 얼굴은 서른다섯인데 실제 나이는 열일곱인 주인공 '안동안'보다 그의 삶을 고달프게 하는 '막냇삼촌'의 모습에 눈물이 났다는 감상평을 한껏 격앙된 목소리로 늘어놨다. 필리핀으로 이주한 막냇삼촌은 잘 지내고 있냐는 둥, 실제 살아 있는 사람의 소식처럼 안부를 물었다. 난 막냇삼촌의 필리핀 생활도 써보면 좋을 거 같다는 형식적인 대답만 했다. 그러자 그는 반드시 후속편을 써주길 독자로서 간절히 바란다고 했다. (막냇삼촌에 대한 그의 몰입도는 소설을 쓴 나보다 훨씬 더 높았다.) 오늘은 막냇삼촌이 그립다는 이유로 한 잔만 더 마시고 가겠다며, 나의 대답을 듣지도 않고 자연스럽게 사리를 집었다. 창문에는 촉촉한 빗방울이 떨어졌다.

그는 "막냇삼촌 그 사람 말이야……"로 시작한 얘기를 한참이나 중얼거렸다. 그러다가 대뜸 자신이 제주도에 왜 내려오게 됐는지 궁금하지 않느냐고 물어왔다. 새벽 3시, 절정을 향해 내달리는 피로 탓에 어떠한 호기심도 귀찮음으로 변이했다. 그러나 내가 대답을 하기도 전에 그가 자신의 얘기를 꺼내기 시작했다. 원래는 인천에서 큰 한식당을 운영했는데, 불황과 여러 가지 악재가 겹쳐 사업을 접을 수밖에 없었다고 했다. 어릴 때부터 노래방, 주점, 배달, 막노동 같은 온갖 궂은일 마다하지 않고 열심히 살아왔지만 불혹을 넘긴 그에게는 실패감만 남아 있을 뿐이라고 했다. 중국에서 시집온 아내와 아이 셋이 그를 바라보고 있었다. 좌절만 할 수 없던 상황이라 새로운 길을 찾기 위해 제주도로 내려왔지만, 아무런 연고도 계획도 없이 내려온 제주도는 그저 막막했다고. 무작정 들어가 끼니를 해결한 식당에서 꽤나 유용한 정보를 들었으니, 그건 바로 초등학생 자녀가 있으면 무상으로 집을 내준다는 내용이었다. 그길로 곧장 중산간의 한 마을에 들어갔고, 생각보다 빨리 보금자리를 마련할 수 있었다고 했다. 다행히 집은 해결되었으나 이번에는 먹고 사는 것이 문제였다. 아는 사람을 통해 중고 트럭을 마련한 그는, 동네 주변의 밭을 돌아다니며 소일거리를 시작했다. 그러나 뼛속 깊이 새겨진 사업 본능을 주체할 수 없었던 터라 결국 동네에 조그마한 점포를 얻었다. 혼자만으로 벅차 함께할 사람을 구하던 중 편의점에서 나를 보고는 "바로 이 사람이야!" 싶었다고 했다.

"차 작가, 언제까지 알바만 하며 살 텐가. 자네가 동생 같아서 안타까워."

그는 과거 얘기를 계속 이어가던 중 자신과 사업을 해보자는 이야기를 꺼냈다. 수익의 절반을 내준다는, 꽤나 그럴싸해 보이는 제안이었다. 손님 중 종종 시급을 더 줄 테니 자신의 가게에 오라는 스카우트 제의는 있었으나, 동업을 제안받은 건 처음이었다. 처음에는 취해서 하는 헛소리인 줄 알고 나중에 다시 생각해보고 오라고 했다.

그 '나중에'는 며칠 뒤 역시 비가 내리는 날이었다. 출근 시간에 맞춰서 온 그는 자연스럽게 늘 앉던 곳에 자리 잡고 맥주를 마셨다. 잠시 빗방울을 바라보며 감상에 젖던 그가 다시 사업 얘기를 꺼냈다. 나는 편의점 알바를 시작한 이유를 그에게 정확히 설명했다. 돈을 벌면서 글을 쓰고 싶어서라고. 그러나 그는 기왕이면 한 방에 큰돈을 벌고, 그 후에 다시 글쓰기와 공부를 하면 되지 않겠느냐고 회유했다. 전혀 설득적이지 않았으나 도대체 무슨 사업인지 우선 들어보기로 했다.

"이건 획기적인 사업이야. 차 작가와 내가 능력을 합치면 엄청날 거라고."

내용인즉슨 C편의점 바로 옆 여느 구멍가게보다 작은 점포에다가 사랑방을 차린다는 것이다. 아늑한 소파를 몇 개 깔고, 그날그날 엄선한 음악을 틀며 찾아오는 사람들에게 최고의 휴식을 제공한다는 취지였다. 우리 동네는 특별히 알려진 곳이 없으니 거기를 동네 명소로 만들겠다는 것이다. 꽤나 포부에 찬 목소리였다. 도대체 어디서 수익을 창출할 것이냐는 내 질문에 그는 한 치도 대답을 망설이지 않았다.

"비장의 카드가 있지!"

가게 앞에 가판대를 설치해 근처 초등학생과 중학생을 상대로 닭꼬치를 판매한다는 것. 가게가 좁아 따로 주방시설을 마련할 수 없으니 유통에 일가견이 있다는 그가 아는 업체와 협력해 냉동 닭꼬치를 공수하겠다는 말도 덧붙였다. 자신의 아내가 중국인이니 나중엔 해외로 사업을 펼쳐보자는 내용도 포함되었다. 앞뒤 내용이 복잡하게 얽힌 설명을 들은 뒤 그에게 늦었으니 얼른 귀가하라고 권유했다.

"역시 인재는 한 번에 허락하지 않지. 내가 자네를 아주 잘 봤어. 나 또 올게. 그동안 잘 생각해둬."

그 후로 비가 촉촉하게 내리는 날이면 그가 어김없이 등장했다. 한 번은 그의 등장에 살짝 인상을 일그러뜨렸더니, "나 집에 가야 돼?" 하고 촉촉한 눈길로 나를 바라봤다. 잠시 있다 가도 좋다고 했는데, 역시 그 이상한 사업 얘기를 꺼내놓았다. 수익의 절반을 내주겠다는 조건은 수익이 나지 않더라도 최저임금 이상으로 꼭 챙겨주겠다는 조건이 붙더니 나중엔 아예 경영권을 내주겠다고 했다. 닭꼬치 이외엔 도저히 수익원이 떠오르지 않느냐고 물었더니 다른 냉동식품을 제시했다.

그가 열 번째 찾아왔을 때 "유비가 제갈량을 삼고초려로 데려왔다는 얘기가 있던데, 차 작가 자네는 십고초려를 해야겠구먼" 하며 쓴웃음을 지었다. 한 번 왔다 하면 최소 두 시간, 최대 일곱 시간까지 가지 않는 그를 상대하던 나도 지칠 대로 지치고 말았다.

결국 많은 고민 끝에 나도 한 가지 카드를 꺼내들었다. 그 소규모 사랑방과 닭꼬치로 세계에 진출하겠다는 사업, 적극적으로 고려해보겠으니 나를 진정 사업파트너로 생각한다면 제대로 된 사업계획서를 작성해 오라고 했다. 이거 안 쓸 생각이면 사업 얘기는 입 밖에도 내지 말 것은 물론, 여기 올 생각도 말라고 했다. 그러자 그는 드디어 마음의 문을 열었다며 반드시 써오겠다고 했다. 돌아가는 그에게 사업계획서

항목 중 허술한 부분이 한 군데라도 있으면 가차 없이 거절하겠다는 말을 보탰다.

그날 이후로 아무리 촉촉하게 비가 내려도 그의 모습은 보이지 않았다. 1년 넘게 아무것도 하지 않고 빌려놓기만 한 점포도 집주인으로부터 계약을 해지당했다는 얘기를 소문으로 들었다. 그 뒤로 난 어디를 가도 닭꼬치는 안 사 먹는다.

새벽엔 빵 냄새가 솔솔

삼시 세끼 섭섭하지 않도록 챙겨먹던 내게 야참은 그저 사치였다. 물론 지금처럼 '편의점 차 알바'가 되기 전까지는 말이다.

자정만 되면 어김없이 배에서 신호가 왔다. 분명 같은 시간 집에 있을 때는 살짝 허기진 정도였고, 야식까지 먹지 않아도 괜찮았다. 그런데 이상하게 편의점 안에서는 식욕 촉진 호르몬이 내 몸을 점령했다. 과자, 라면, 빵, 음료수 등등 포장지를 뜯으면 당장 먹을 수 있는 음식이 눈앞에 아른거려 도저히 견디기가 어려웠다.

배고픔으로 영혼이 빠져나가려는 밤 12시. 다행히 이 시간은 태어난 지 정확히 24시간이 된 삼각김밥과 김밥, 도시락, 샌드위치가 세상과 안녕할 시간이다. 편의점 포스기는 유통기한이 1초만 지나도 바코드를 인식하지 않는다. 과자나 음료수 등은 유통기한이 지나면 반품이

되지만, 근처 제조 공장에서 만들어진 하루살이 제품은 폐기로 처리된다. (현재는 유통기한이 최대 32시간까지 늘어났다. 경험상 폐기제품은 냉장보관만 잘하면 사흘까지는 먹어도 탈은 없었다.)

유통기한이 지난 식품은 근무자가 먹거나 버리고, 각 점포 경영주가 그 원가를 부담한다. 편의점 알바생에겐 '일용할 양식'이 되는 것이다. 지독하면서도 고독한 밤의 배고픔을 해결해준 건 바로 폐기된 삼각김밥과 도시락이었다. 참치마요 삼각김밥, 전주비빔 삼각김밥, 커플 삼각김밥, 떡갈비 주먹밥, 제육볶음 도시락, 치킨 도시락 등 종류가 다양한데, 그날그날 입맛이 당기는 것들로 선택해 먹을 수 있었다.

알바를 시작하고 열흘 정도까지는 그저 맛있었다. 그런데 갈수록 밥알이 꺼끌꺼끌해지고, 내용물이나 반찬이 밍밍해서 잘 넘어가지 않았다. 하루에도 몇 개씩 폐기되던 삼각김밥과 도시락에 점점 신물이 나기 시작했다. 나의 속마음을 삼각김밥이 알아차렸던 건지, 얼마 후 이 녀석들은 무슨 마법이라도 걸린 것처럼 불티나게 팔렸다. 손님이 싹쓸이하거나 오는 손님마다 필수품처럼 삼각김밥이나 도시락을 하나씩은 꼭 사갔던 것이다. 원가 지출이 없고 덩달아 매출까지 올랐으니 김 사장에겐 경사였으나 막상 '일용할 양식'이 사라진 나로선 낭패가 아닐 수 없었다. 거기다가 '당연히' 삼각김밥 한두 개는 남을 줄 알고 지갑을 안 챙겨 나왔으니, 눈앞에 먹을 건 많지만 먹을 수 있는 게 하나도 없었다. 별수 없이 그나마 무한 리필이 허용된(?) 원두커피와(김 사장에게 무한 리필로 마셔도 되는지 물어본 적은 없었다. 암묵적인 동의가 있을 줄 안다) 집에서 가져온 보리차로 허기를 어르고 달랬다.

그러나 배고픔에 찌들어 밝게 꽃피우던 미소는 점차 시들었고, 편의점 이곳저곳을 자유로이 비행하던 똥파리에 괜히 신경질이 났다. 모기약을 뿌리는 것조차 사치라고 판단, 오른쪽 운동화를 벗어 고도의 집중력으로 파리를 때려눕혔다. 부질없이 사용한 고도의 집중력 때문이었을까, 아니면 운동화를 휘두른 하찮은 육체적 노동 때문이었을까. 급기야 위장이 서로 달라붙겠다고 꼬르륵, 하며 긴급 신호를 보내왔다. 살려면 뭐든 입에 넣어야만 했다. 일단 먹고 나중에 계산하자는 생각이 든 찰나에 손님이 들어왔다. 신혼부부로 보이는 그들은 이것저것 충동적으로 바구니에 물건을 담았고, 물건이 어디 있냐고 일일이 내게 물어왔다. 난 카운터와 매장 내부를 돌아다니며 얼마 남지 않은 에너지를 위험 단계까지 계속 소모했다. 남자 손님은 물건을 친절히 찾아줘서 고맙다며 자신이 산 제품 중 하나를 내게 내밀었다.

"밤새워 일하느라 배고플 텐데, 이거라도 드세요."

선뜻 고맙다는 말이 나오지 않았다. 뒷목에 혈압이 급격히 올라갔고, 전력 질주로 마라톤을 할 때보다 심장이 빠르게 뛰었다. 웃으며 돌아가는 손님을 향해 애써 미소 짓던 입꼬리가 나도 모르는 사이에 격렬히 떨렸다. 내 손에 들린 건 달랑 츄파춥스 막대사탕 하나. 배고플 테니 이거라도 먹으라는 손님의 속뜻은 알겠지만, 200원짜리 사탕 하나로 배가 부를 만큼 내가 소식주의자였던가 하는 의문이 내 뒷덜미를 붙잡고 흔들었다. 여러 가지 생각이 내 머릿속을 복잡하게 뒤흔들었지만, 입속에는 이미 포도향과 끈적끈적한 설탕 맛이 감돌았다. 평소에는 거들떠보지 않았던 츄파춥스가 심하게 달짝지근했다. 사탕이 이토록 달콤해도 되는 것인가! 점점 줄어드는 사탕에 미련이 남아 어떻게든 천천히 입안에서 굴리며 버텼다. 그러나 사탕은 내게 포도향을 오랫동안 허락하지 않았다. 눈 깜짝할 사이에 사탕은 사라지고, 머리가 찌그러진 채 물기를 가득 머금은 허연 막대만 남았다.

희한한 일이지만 고작 그 눈곱만 한 사탕 때문에 가출했던 이성이 제자리를 찾았다. 하지만 밤은 너무 길었고, 배고픔과 졸음이 성큼성큼 다가왔다. 원두커피로 피로와 싸우고 허기에 약간의 위로를 주며 밤을 지새웠다.

다음 날에도 거짓말처럼 삼각김밥이 단 한 개도 남지 않았다. 그나마 남아 있던 햄버거는 딱 3분 전에 모두 팔렸다. 손님에게 마지막 햄버거를 넘겨줄 때 내 손은 저주파 패드를 붙인 듯 자동으로 경련이 일어났다. 이번엔 망설이지 않고 전화기를 들었다. 김 사장의 숙면보다 굶주림 해결이 더 중요했다. 나는 목소리를 최대한 내리깔고, 김 사장에게 전날의 배고픔과 현재 닥친 비참함을 비장하게 설명했다.

"그럼 먹어."

진지하고 심각한 나와 달리 김 사장의 목소리는 무덤덤했다. 먹고 싶은 게 있다면 돈 걱정하지 말고 뭐든 먹으라는 것이다. 원두커피밖에 먹지 못했던 나의 지난밤은 도대체 무엇이었단 말인가.

"네? 그래도 괜찮아요?"

"응, 괜찮아. 빵 좋아하지?"

난 삼시 세끼 빵만 줘도 무조건 먹을 수 있다. 고기만큼이나 좋아하는 빵을 구워서 먹으라니, 성은이 망극한 소식이었다. 기왕 빵을 구울 거라면 손님한테 팔 것도 몇 개 더 구우라고 했지만 문제없었다. 파리 에펠탑 아래서 브런치를 먹는 기분으로 갓 구워낸 크루아상을 먹는 고

품격이 내게 주어진다는데, 그깟 빵 몇 개 더 굽는다고 내 팔이 빠지겠나, 라고 이때까지는 그렇게 생각했다.

그러나 냉동실에 있는 빵 반죽을 본 순간 시야가 급격히 흐려졌다. 굽는 모습은 몇 번 봤지만 막상 방법을 몰랐다. 반죽을 두고 한참 고민하고 있는데, 오븐 옆에 빵 굽는 안내서가 보였다. '크루아상은 해동하지 않고 200도로 가열한 오븐에서 20분. 소보로는 1시간 정도 해동 후 190도로 가열한 오븐에서 5분' 등 일목요연하게 잘 정리된 안내서였다.

먼저 가장 간단한 크루아상부터 굽기로 했다. 갓 구운 크루아상은 자동차에 왁스를 칠한 듯 반질반질한 윤기가 자르르 흘렀다. 톡 건드리면 바스락거리는 소리가 들리는데, 그 소리만으로도 이미 혀에서 맛을 느끼고 있었다. 빵을 반으로 살포시 가르면 쇠고기 장조림을 세로로 찢은 듯 살아 있는 질감을 맛볼 수 있다. 겉은 바삭하지만 속은 부드럽게 녹는 그 달짝지근한 고소함이란! 손가락에 남은 버터조차 감사함 그 자체였다. 두어 개를 먹으니 어느 정도 포만감이 생겼다.

이어 다른 빵을 만들기 위해 반죽을 꺼냈다. 크루아상처럼 꺼내자마자 바로 굽는 것도 있었지만, 도넛은 굽지 않고 바로 포장만 하면 됐다. 한 시간 해동한 뒤에 바로 굽거나 몇 등분을 내서 굽는 것까지도 그럭저럭 할 만했다. 문제는 이보다 더 번거로운 공정을 거쳐야 하는 빵이었다. 반죽을 한 시간 내외로 해동하는 것은 물론, 몇 등분으로 자르거나 칼집을 내서 발효기에 넣고 또 두어 시간을 기다린 뒤, 정해진 시간만큼 오븐에 구워야 하는 빵도 있었다. 조리법을 따라 완벽한 빵이 나온다면야 걱정이 없겠으나, 문제는 안내서에 나온 대로 했는데 빵 모양이 뭔가 이상하게 나온 경우다. 어떤 건 발효가 덜 돼 너무 작았고, 어떤 건 반대로 너무 발효돼 보통 빵보다 두 배는 더 컸다. 타거나 덜 익는 것도 예사였다. 나는 최적화된 '조리예'다운 빵을 만들기 위해 며칠간 날 새는 줄도 모르고 제조법 연구에 돌입했다. 안내서를 토대로 어떤 점을 보완해야 할지 답을 찾기 위해 죄 없는 수많은 반죽들이 빵으로 꽃피우지 못하고 버려졌다(김 사장에게는 미안한 일이지만).

드디어 완벽한 제빵 조리법이 완성된 날. 가장 손이 많이 가고, 작은 온도 차에도 결과물이 확연히 달라지는 빵을 내놓았다. 널따란 반죽을 16등분해 네 개씩 포장해서 파는 빵인데, 팥이나 크림 같은 특별한 속재료는 없고, 특유의 치즈향과 담백함이 돋보이는 빵이었다. 그동안 반죽은 있었지만, 누구 하나 만들 엄두를 내지 못했으므로 이 매장에서는 내가 최초로 선보인 것이나 다름없었다. 손님들은 낯선 빵에 금세 관심을 보였고, 저렴한 가격에 힘입어 그날 기본 수량으로 만든 건 금방 다 팔렸다. 책으로 따지면 초판이 다 나간 것이다.

"이거 무신 빵이꽈?"

"이름부터 신선한 후레시번입니다."

"평범한 거 닮은디 계속 먹어졈쩌이!"

그 뒤로 완두소를 넣은 빵, 찰떡과 비슷한 식감의 빵 등 발효 과학과 온도의 미학을 적절히 조화한 작품을 계속 만들어냈다.

김 사장은 그동안 매장에서 직접 굽는 빵이 워낙 매출이 없어서 철수할까 고민 중이었다고 했다. (그동안 알바생 대부분은 빵을 제대로 만들 줄 몰랐고, 가뭄에 콩 나듯 크루아상 정도만 만드는 수준이었다.) 그런데 빵 매출이 눈에 띄게 올라가기 시작하자 담당 본사 직원이 철수하지 말라고 권고해 편의점에서 계속 빵을 팔 수 있게 됐다. 나는 새로운 빵을 만드는 대로 다른 알바생에게 전파했고, 그리하여 주중과 주말 알바생 모두 빵을 만들 수 있게 되었다.

배고픔은 빵으로 해결되었지만, 시간이 흐르면서 처음 크루아상을 만들어 입에 넣었던 그 감동은 점점 줄어들었다. 신제품 빵이 나오면 조리법을 익히느라 정신이 없었고, 기존에 있던 빵을 만들기 귀찮아질 땐 일부러 뭉그적뭉그적하며 발효까지만 해놓은 뒤, 다음 시간 알바생에게 넘기기도 했다. 가끔 빵이 많이 남을 땐 집에 가져가기도 한다. 그 가끔이 '자주'에 가까워서 이제는 아버지가 '제발, 빵 좀 그만 가지고 오라'고 부탁한다. 삼시 세끼 빵이라도 좋다는 '빵 찬양론자'인 내가 요즘은 빵집에 전혀 드나들지 않는다. 빵 냄새에 질렸던지, 빵 맛에 질렸던지, 아니면 냄새와 맛 모두에 질려버린 건지 모르겠다.

밤샘의 배고픔을 해결하기 위해 시작한 빵 만들기. 간혹 손님에게 제빵사가 아니냐는 오해까지 받고, 진짜 제빵사 손님에게 자신의 수제자가 되어볼 생각이 없냐는 제의도 들었다. 이 글을 쓰는 지금도 오븐은 뜨겁게 달궈지는 중이다.

자네, 나 왔네!

손님이라면 모두 정성껏 맞이해야 하지만, 가끔은 편의점 문을 잠그고 싶을 때가 있다.

"자네, 나 왔네!"

특히 이 목소리를 들을 때 말이다. 자전거 브레이크 밟는 소리가 손톱으로 칠판을 긁는 것과 비스름하게 들렸고, 뒤이어 으흠, 하고 밤의 적막을 깨뜨리는 헛기침 소리가 났다. 팔자걸음으로 들어선 50대 중반의 남자 손님. 아직 날이 쌀쌀한데 굳이 연갈색의 얇은 러닝셔츠를 입고 있었고, 때가 꼬질꼬질한 청바지와 미키마우스 모양 버클이 손바닥만 하게 달린 벨트를 하고 있었다. 운동화처럼 보이지만 실상은 신발 끈까지 순도 100% 고무로 찍어낸 신발도 함께였다. 그가 야심한 밤에 편의점을 찾은 이유는 뜬금없게도 교통카드 충전 때문이었다. 그것도 딱 천 원. 그는 충전을 마친 뒤 편의점 테이블 하나를 잡고 의자에 앉았다. 눈을 지그시 감고 팔짱을 낀 채 혼잣말로 무어라 중얼거리며 명상에 빠져 있었는데, 딱히 영업 방해라고 하기도 모호해서 처음에는 그냥 놔뒀다.

"여보게, 자네."

그가 나를 부른 건 사흘 정도 지났을 때였다. 난 담배 재고를 세는 중이었고, 그는 다른 날과 달리 쥬시쿨 두 개를 사서 테이블에 앉아 있었다. 손님이 부르면 일단 응답하는 게 알바생의 기본자세. 일단 그에게 다가갔다. 그런데 대뜸 자신의 앞에 앉으라고 했다. 술에 취한 것도 아니고, 옷차림새가 뭣해도 전체적으로 점잖아 보여서 말을 얌전히 따랐다. 그는 개봉하지 않은 쥬시쿨 하나를 건네며 밤새 고생이 많다고 나를 격려했다. 내게 편의점 알바 외에 무슨 일을 하느냐고 물었다. 다른 사람이 물어보면 그냥 공부한다고만 하지만, 워낙 점잖게 물으니 대충 대답하기에는 괜히 미안해서 글을 쓰고 있고, 글쓰기를 위해 이 알바를 선택했다는 말도 덧붙였다. 그러자 그가 손뼉을 크게 한 번 치더니 얼굴빛이 금세 밝아졌다.

"자네도 예술가로구먼!"

그는 내게 까만색 팸플릿을 건네줬다. 문예회관에서 치렀던 중견 화가의 개인전 초청장이었다. 알고 보니 팸플릿 속의 중견 화가가 바로 그였다. 미대 교수와 각종 협회장까지 역임하는 등 다양한 활동을 해왔는데, 여행 왔던 제주에 매료되어 아무 연고도 없이 무작정 내려와 작품 활동에 매진하고 있다고 했다. 특히 우리 동네가 제주도에서 가장 아름답다며, 머물면서 작업한 작품을 찍은 휴대전화 사진까지 직접 보여줬다. 고풍스러운 유화였다. 휴대전화로 찍어 화질이 그리 좋지 않았지만 그림에서 풍기는 입체감과 묘하면서도 독특한 색감이 눈에 들어왔다. 미술에 문외한인 내가 봐도 감탄이 절로 나왔다. 난 곧장 그를 '선생님'으로 부르기로 했다. 그는 내가 남들보다 많이 배우고 사유가 깊은 사람이라 짐작했는데, 그게 딱 들어맞았다며 얼굴빛을 환하게 밝혔다. 며칠간 그림이란 무엇인가, 유화와 수채화의 차이는 무엇인가 등등 내게 기본적인 지식을 친절히 알려줬다. 여기까지만 해도 '선생님'이라는 호칭이 전혀 아깝지 않았다.

그러던 어느 날, 태풍이라 불러도 전혀 섭섭하지 않을 급풍에 역풍까지 불던 날. 자전거를 타고 편의점까지 출근하는 시간이 평소보다 배나 걸렸다. 편의점에 도착하니 그가 있었다. 내가 오는 모습을 멀리서 지켜봤다며 어찌 소설가'씩'이나 되어서 녹이 잔뜩 슬고, 거세게 불어닥치는 바람도 뚫지 못하는 자전거를 탈 수 있냐며 훈계 혹은 걱정처럼 말했다. 소설가는 대단하지만, 나는 결코 대단하지 않다고 대답했더니 소설가로서 긍지를 가져야 한다며 내 어깨에 손을 얹었다.

"자네, 그러지 말고 자전거를 새로 장만하게나. 내가 싸게 주겠네."

그는 뜬금없이 자신이 타고 다니는 하얀색 자전거를 사라고 했다. 몇 년간 방치해 녹슬고 바람이 빠져 못쓰게 된 자전거를 얻어온 뒤 수리해 새것처럼 만들었다는 것. 최고급 물병꽂이와 벨, 표시등을 구입해 자전거에 설치했다며 열혈 자동차 영업사원 이상의 언변을 선보였다. 다른 사람이라면 족히 20만 원 이상을 받아야 하나 밤샘 알바를 하며 작품 활동에 매진하는 내 모습이 기특해 무려 5만 원이나 깎아 주겠다는 말도 덧붙였다.

글쎄, 겉은 반질반질했다. 그러나 자세히 보면 군데군데 녹이 슬었고, 전체적으로 내가 좋아하는 디자인과 성능이 아니었다. 굳이 15만 원씩이나 들여서 사고 싶은 자전거는 아니었다(같은 가격이면 인터넷에서 그것보단 훨씬 좋은 자전거를 살 수 있었다). 난 고맙다는 말과 함께 다음에 돈이 생기면 사겠다는 말만 남겼다. 하지만 난 그때까지 몰랐다.

그 빈말의 후폭풍이 이토록 살 떨릴 줄은…….

그날 이후로 그는 하루나 이틀에 한 번꼴로 등장했다. 그림 얘기를 한참 하다가 편의점 밖에 세워놓은 내 자전거와 내게 팔려던 자전거를 비교하며, 예술인으로서 품위를 떨어뜨리면 안 된다는 말부터 고물을 타고 다니다가 사람까지 고물이 된다(?)는 둥, 욕과 비난만 빼고 무슨 내용이든 서슴없이 내뱉었다. 그마저도 통하지 않자 파격적인 제안을 해왔다.

"내가 단 한 푼도 안 남기겠네. 시원하게 10만 원만 주게. 자네니까 이 정도야."

지금은 여의치 않으니 다음에 형편이 되면 꼭 사겠다고 대답했다. 그러나 그의 사전엔 빈말은 없었다. 매일같이 집요하게 편의점에 찾아와 자연스럽게 자전거 얘기를 꺼냈고, 그때마다 나는 괜히 무슨 잘못이라도 한 듯 자전거를 살 수 없는 이유를 늘어놓았다. 나중에는 노골적으로 도대체 자전거를 왜 사지 않는 거냐고, 다른 자전거를 알아볼 생각은 무조건 하지 말라는 경고까지 들었다.

"자네 이 자전거, 쇠가 아주 좋아. 이걸 놓치면 평생 후회할 걸세."

그는 살 생각이 없거나 능력이 안 되면 알선이라도 해달라는 제안까지 했다. 그때쯤 새벽마다 편의점 앞에는 명함이 날아왔다. '힘드시죠? 제가 도와드리겠습니다'라는 나의 가슴을 후벼파는 문구가 매력적인 명함. 누구나 얼마든지 가능하며 매일 찾아와 이자와 원금을 함께 챙겨 가는 그것. 살면서 대출은 전혀 생각해본 적 없었으나 한동안 그 명함에 나도 모르게 계속 눈길이 갔다. 매일 출근하기 전, 난 두 손을 모아 하늘을 쳐다보며 그곳에 계신 전능하신 분께 부디 자전거를 처리해 달라고 간곡히 기도했다.

며칠 뒤 단골손님인 동네 세탁소 할아버지가 찾아왔다. 새벽마다 막걸리 한 병을 사러 오셨는데, 대뜸 자신이 타고 다니던 자전거가 말을 안 들어서 고민이라고 했다. 내 귓가에는 '할렐루야'라는 단어가 선명하게 들려왔다. 난 미소를 지었고, 세탁소 할아버지는 좋은 일이라도 있느냐며 씩 웃었다. 바로 다음 날, 화가 아저씨는 나의 고급 정보를 토대로 세탁소에 찾아갔다. 그는 나 덕분에 오랜 숙제를 해결했다며 '무려(화가 아저씨 기준)' 500원씩이나 하는 컵라면을 사줬다. 물론 내 멤버십 카드로 15% 할인까지 받았다. 화가 아저씨는 얼마 뒤 새로운 자전거를 가지고 와서는 더 좋은 일본산 쇠로 만든 자전거라고 한동안 자랑하며 다녔다. 그 뒤로도 내가 타고 다니던 자전거의 '고물론'은 계속 됐다.

한동안 그의 소식이 몇 달 가까이 끊긴 적이 있다. 이상하게 허전했는데, 그것이 사치스러운 감정이라는 걸 깨닫기까지 그리 오랜 시간이 걸리지 않았다.

"자네, 나 왔네! 잘 지냈는가."

무소식이 희소식이라고 생각할 때쯤 팔자걸음에 양반 말투, 미키마우스 벨트까지 첫 등장과 똑같은 차림으로 그가 등장했다. 쇠가 그렇게도 좋다던 일본산 자전거도 함께였다. 그간 서울과 광주를 오가며 전시회와 여러 가지 용무를 봤다는데, 제주에 내려오자마자 굳이 내가 보고 싶어서 피곤함을 참아가면서 달려왔다고 했다. 가만 보니 그의 눈꺼풀이 반쯤 감겨 있었다.

오랜만에 만난 기념으로 화가 아저씨는 내게 500원짜리 컵라면을 사줬다. 소설가는 500원짜리 컵라면을 먹어본 추억이 있어야 하고, 꼭 예술가인 자신이 사줬다는 걸 잊지 말라는 얘기를 덧붙였다. 그림 작업도 마무리했다며 휴대전화에 저장된 사진들을 내게 보여줬다. 색감과 질감이 좋고, 사람을 묘하게 끌어들이는 구성이 뛰어나다고 했더니, 화가 아저씨는 역시 소설을 쓰는 사람이라 다르다며 호탕하게 웃었다.

"전시회 마치면 이 그림을 자네에게 주겠네."

그동안 공들여 완성한 그림을 주겠다니. 그가 다시 선생님처럼 보이고, 존경과 감동이 마음속에서 보따리를 풀고 자리 잡으려고 할 때, "싸게"란 말이 벼락처럼 내 귀를 강타했다. 그 한마디에 존경과 감동은 엉덩이를 걷어차이며 쫓겨났다. "싸게"란 말이 100킬로그램 바벨처럼 내 뒤통수를 사정없이 후려칠 줄이야. 형편이 되면 그림을 한 점 살 수도 있지만, 그 싸다는 금액도 한 푼도 빠짐없이 생활비로 들어가는 알바비와 개미 다리처럼 가냘프게 들어오는 인세로는 감당할 수 없었다.

다음에 기회가 있으면 꼭 사겠다고 했지만, 화가 아저씨는 그날부터 다시 편의점을 꾸준히 찾아왔다. "싸게"를 강조한 작품을 보여주면서 사두면 훗날 대박이 날 것이라는 얘기를 세뇌당하듯 들어야만 했다. 나를 긴장하게 하는 그의 행동은 여기서 그치지 않았으니……(잠시 후에 계속).

'누나'라고 부르고 싶지만

김 사장은 평소 지인과 함께하는 식사 자리가 잦았다. 그와 전화 연결이 잘 안 되는 이유이기도 했다. 몇 년째 사귄 여자친구와 식사를 하거나 오붓한 시간을 보내는 중일 때도 많았다. 내가 '차 알바'가 된 지 보름 정도 되었을 때, 김 사장의 회식 제안은 놀랍지도 않았다. 이미 김 사장과 여기저기 맛집 투어를 다녔기 때문이다.

첫 회식은 주중에 근무하는 아줌마 알바 두 분과 나만 참여했다. 당시 주말 알바생은 고등학생 두 명과 대학생 한 명이었는데, 김 사장은 그들을 달가워하지 않았다. 김 사장은 요즘 고등학생들은 사람이 아니라며 입에 거품을 물고 살았다(그동안 고등학생 알바들이 적지 않게 사고를 쳤다). 그가 무한 신뢰하는 알바생들을 데리고 간 곳은 자신의 숙소 근처의 횟집이었다. 탁 트인 바다 전망이 매력적인 횟집인데 분명 시간상 사람들로 북적북적해야 했다. 근처 식당만 해도 차가 줄을 섰는데, 이곳은 주차 공간이 굉장히 넉넉했다. 맛집을 잘 찾아다니던 김 사장의 안목에 살짝 의심이 갈 만한 곳이었다.

통 큰 남자, 시원한 남자를 자부하는 김 사장은 본인의 자부심에 걸맞게 가장 비싼 모둠회를 시켰다. 소주와 맥주도 덤으로 시켰고, 음주와 절교한 나를 위해 사이다도 추가했다. 회는 제주 앞바다에서 거친 폭풍우를 뚫고 잡아낸 대어의 깊은 맛과는 거리가 있었다. 특별히 맛있지도 딱히 맛없는 것도 아닌, 그저 그런 심심한 맛이었다. 모둠회라는 이름답지 않게 몇 개 모여들지 않은 회도 내 입을 괜히 섭섭하게 했다. 그저 소주와 맥주, 사이다를 나눠 마시며 편의점 이야기를 또 다른 안주 삼아 회식의 분위기만 섭섭하지 않게 즐겼다.

대화의 꽃을 피워가던 중 아주 사소하면서도 중요한 사실을 알아차렸다. 김 사장을 부를 땐 '사장님'이라 부르는데(가끔 형이라고도 부른다), 아줌마 알바 두 분에게는 특별한 호칭이 없었다. '아줌마'라고 부르기에는 뭔가 어색했다. 그렇게 불러도 괜찮으나 제주도에서는 남녀를 막론하고 나이가 한참 많은 어른에게겐 '삼춘'이라고 부른다. 그러나 '삼춘'이란 호칭도 쉽게 나오지 않았다. 내가 형이라고 부르는 김 사장이 자신보다 대여섯 살 많은 아줌마 알바생들에게 '누나'라고 부르니 나 역시도 똑같이 불러야 할 분위기였다. 아줌마 알바생 두 분은 알코올이 들어갈수록 내게 은근히 대놓고 노골적으로 '누나'라고 부르라며 압박해왔다. 어찌어찌 '누'까지는 입 밖으로 나왔으나 '나'를 목소리로 뱉을 수가 없었다. 한 분은 나와 띠동갑인 아줌마였고, 또 한 분은 열다섯 살 차이로 막냇삼촌과 동년배였다.

띠동갑인 아줌마는 그리 심하게 압박하지 않았는데, 막냇삼촌과 동년배인 아줌마는 손가락 관절을 풀고 목까지 풀었다. 전체적인 풍채가 광개토대왕 곁에서 함께 북진하던 대장군과 감히 비슷해서 나도 모르게 눈을 내리깔았다. 김 사장은 시원하게 '누나'라고 한 번 불러드리라고 했지만, 한 번은 '단' 한 번이 아닌 두 번 세 번 앞으로 '쭉'이라는 걸 알기에 그럴 수 없었다. 타협책으로 나온 단어는 바로 '누나'와 비슷한 느낌의 '누님'이었다. 살짝 아쉬워하는 눈치였지만, 누님들은 나의 수줍고 진심 어린 타협안을 기분 좋게 받아들였다. 사실 그마저도 쉽게 나오지 않았다. 두 분은 잠시 고개를 갸웃했으나 이내 회가 낀 앞니를 드러내며 웃었다.

2차는 '치맥'을 먹으며 회식의 아쉬움을 달랬다. 결혼을 앞둔 김 사장에 대한 두 누님의 폭풍 조언과 더불어 솔로 생활을 아무렇지 않게 이어가던 나에 대한 걱정도 함께 나눴다. 3차로 노래방을 가자며 격렬한 몸부림을 보여주신 장군감 누님을 띠동갑 누님이 차분히 말린 덕에 회식은 적당한 시간(?)에 잘 마무리되었다.

돌아갈 땐 언제나 시원시원함을 선보이던 김 사장이 직접 택시를 태워줬다. 택시비를 내 손에 쥐여 줬는데, 원래 택시비보다 두 배나 많은 금액이었다. 남은 건 음료수랑 과자를 사 먹으라는 김 사장, 이상하게 매력적이란 말이지. 다음 회식을 기약했지만, 안타깝게도 김 사장과의 개인적인 맛집 투어를 제외하고는 공식적인 회식은 없었다.

언젠가 두 누님께 한 번쯤은 '누나'라고 불러드리고 싶은 용의는 있다. 그게 언제일지는…… 확실한 건 지금은 아닌 것 같다.

너 정말 간편한 거 맞니?

편의점 매출에서 가장 많은 비중을 차지하는 품목은 단연 먹을거리다. 간단히 요기할 수 있는 컵라면과 김밥, 도시락은 물론 햄버거와 각종 빵들은 편의점이 지속하는 한 베스트셀러다. 최근 들어서는 '즉석 조리식품'의 판매량이 부쩍 늘어나고 있다. 대표적인 즉석 조리식품으로는 핫바를 비롯해 닭다리, 피자, 국, 각종 밥, 어묵, 짜장면, 만두 등등 셀 수도 없이 다양한 종류가 있다. 이것들은 가격 대비 구성이 단단하고 맛도 훌륭해서 식사나 안주 대용으로 많이 팔린다. 정확한 통계를 낼 수 없지만, 그중 제일 많이 팔리는 제품은 단연 핫바다.

핫바는 포장지를 살짝 벗겨내 전자레인지에 1분만 돌리면 된다. 여기까지는 알바생들에게 큰 고난을 불러오지 않았다. 진짜 문제는 닭다리부터다. 진공 포장된 양념 닭다리는 겉모습만 봐도 입맛이 절로

도는데, 전자레인지에 데우면 닭과 양념이 조화된 냄새가 콧속을 격렬하게 헤집는다. 알바생들은 닭다리를 사는 손님이 있으면 긴장하지 않을 수 없다. 전자레인지에 1분 정도 돌리면 된다지만, 무심코 돌렸다가는 딱총 소리나 폭발음 때문에 당황할 가능성이 매우 높기 때문이다. 특히 닭다리는 포장지를 살짝 뜯으면 양념이 바닥으로 새고 탄 냄새가 편의점에 진동한다(그렇다고 포장지를 뜯지 않으면 터져버린다). 전자레인지 안을 닦기 싫다면 위생팩에 담아야 하는 수고로움이 있다.

양념 닭다리보다 심한 것이 바로 어묵이다. 둥그런 용기에 국물과 통통한 어묵이 들어간 그것, 누구나 한 번쯤은 먹어봤을 그 어묵이 문제다. 어묵의 양도 많고 국물이 꽉 채워진 것이 매력이라면 매력이겠지만, 그것이 문제였다. 전자레인지에 3분만 돌리면 된다지만 무턱대고 돌렸다가는 폭발음을 듣게 된다. 또 압력 때문에 국물이 자주 넘치는데, 폭포수가 흘러내린 것처럼 전자레인지 바닥이 어묵 국물로 흥건해진다. 운이 좋아서 포장지가 터지지 않았다면, 윗부분만 살짝 뜨거울 뿐 전체적으로 미지근한 상태가 되고 만다. 포장을 살짝 뜯어낸다 하더라도 역시 국물이 넘쳐흐른다. 원래 그 어묵은 뜨거운 물에 담가 놓았다가 팔아야 딱인 제품이다. 궁여지책으로 손님에게 깊은 양해를 구한 뒤 국물의 3분의 1가량 버린 후에 전자레인지를 돌리곤 했다. 국물을 특별히 좋아하는 손님에게 종종 짜증을 들었지만, 이것이 전자레인지와 어묵 모두를 지킬 수 있는 최선의 방책이었다.

어묵만큼이나 또 나를 피로하게 하는 건 양념 곱창이다. 당면, 곱창, 양념이 각기 포장되어 있고, 전자레인지로 살짝 데운 뒤 재료를 골고루 섞어줘야 한다. 문제는 오래 데우면 양념 국물이 확 졸아들고, 또 덜 데우면 당면과 곱창을 섞다가 바스러지는 현상이 발생한다는 것. 무사히 양념과 내용물을 섞어도 그걸 다시 데우는 과정에서 화약총 소리가 들린다. 점도가 높은 양념이 압력을 이기지 못해 전자레인지를 완전히 피바다(?)로 물들이는데, 이 때문에 위생팩은 필수다. 게다가 실물이 포장지에 나온 조리예와 다르고 양도 적어서, 손님들은 자연스럽게 그늘진 얼굴로 헛웃음을 내뱉곤 했다.

냉동 만두는 비교적 간편하다. 포장지 가운데에 아주 작은 구멍을 낸 뒤, 구멍난 곳을 바닥으로 향하게끔 해서 5분 정도 돌리면 끝이다. 문제는 냉동 짜장면, 짬뽕면, 볶음밥 등이다. 이건 폭발하거나 양념이 타버리거나, 덜 익어서 겉은 뜨겁고 속은 아이스크림 같은 식감이 났다. 포장지에 적힌 전자레인지 가동 시간은 그저 참고'만' 할 사항일 뿐, 대부분의 즉석 조리식품은 알바생들에게 엄청난 고민을 안겨준다. 분명 편리하라고 만든 것들인데, 불완전한 편리 때문에 이들을 감히 알바 고생하라고 만든 제품이라 부르기로 했다.

진정해,
다 방법은
있을 거야.
아마도.

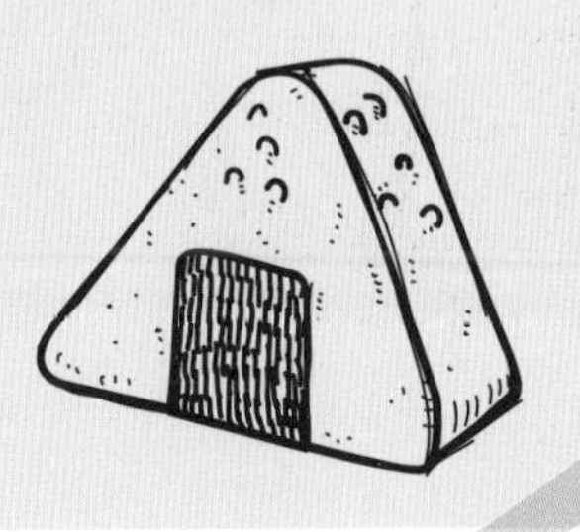

SPAM

도대체 난 누군가, 난 지금 어디에 있는가

제주도는 늘 바람과 함께한다. 하루라도 바람이 불지 않으면 종일 허전할 정도다. 산바람은 그 나름대로 부드러우면서 억세지만, 바닷바람은 거칠고 투박하다. 그렇기에 제주도 사람들은 바닷바람을 좋아하고 나 역시도 그렇다. 제주 사람들에게 바람은 생활의 일부이고 대부분은 어지간한 바람에도 끄떡하지 않는다. 제주도는 작아 보이지만 의외로 땅이 아주 넓다. 특히 동쪽과 서쪽은 꽤 거리가 멀다. 태풍이 관통하더라도 동쪽으로 넘어가면 서쪽은 그나마 피해가 덜했다.

이름도 뭔가 어마어마하고 무시무시한 느낌이 드는 '볼라벤'이라는 태풍이 올라온다는 예보를 들었을 땐 잔뜩 긴장했다. 아리따운 기상 캐스터가 태풍이 일본 쪽으로 방향을 돌린다고 했을 땐 살짝 안심하기도 했다. 그러나 그녀가 갑자기 태풍이 제주도를 관통한다고 말을 바뀠다. 가끔 예보를 틀려도 너그러이 이해했지만 이번에는 그럴 수가 없었다. 나도 모르게 텔레비전에다 "도대체 일을 왜 그따위로 하는 거야!" 하고 분노 가득한 목소리를 내뱉었다.

볼라벤의 영향으로 저녁부터 집이 흔들렸고, 전기는 계속 정신줄을 놓으려고 했다. 벽돌 하나 세우지 않고 지은 건물이라 흔들림이 심했다. 유리창이 흔들렸고, 복도에는 물이 한두 방울씩 떨어졌다. 오늘은 알바를 쉬어야 하나, 고민이 될 즈음 김 사장에게서 전화가 걸려왔다.

"집은 괜찮지?"

휴대전화 너머의 김 사장은 거칠게 숨을 내쉬고 있었다. 한마디씩 내뱉을 때마다 목소리가 풍랑 속의 파도처럼 위아래로 격렬하게 요동쳤다. 내가 근무하는 매장도 문제였지만, 옆 동네 매장은 바다와 몇 걸음밖에 차이가 나지 않았다. 방파제가 있는데도 불구하고 미친 듯이 몰아치는 파도 때문에 매장 안으로 물이 들이닥치는 상황이라고 했다. 그곳에서 일하는 알바생들은 모두 그 근처에 살았으니 집을 먼저 지켜야 했고, 매장은 김 사장이 지켜야 할 몫이었다. 나는 차마 쉬겠다는 말을 할 수가 없었다.

김 사장은 하천처럼 물이 범람한 도로를 건너 우리 집까지 차를 몰고 왔다. 아버지는 집은 걱정하지 말고, 어서 편의점을 지켜내라며 내 어깨를 다독였다. 미소 띤 아버지의 얼굴을 잠시 쳐다본 뒤 김 사장의 차에 올라탔다. 도로는 중앙선을 구분할 수 없을 만큼 물에 잠겼고, 그 위를 달리는 차는 계속 휘청거렸다. 자동차가 아니라 풍랑 속의 고깃배를 탄 듯했다. 김 사장은 어떻게든 살아서 가자며 운전대를 꽉 붙잡았다. 양동이로 물을 끼얹듯 쏟아지는 빗줄기 속에서 우산을 펼치는 건 엄청난 사치였다. 우산을 지팡이 삼아 세차게 흐르는 물줄기를 거슬러 겨우 편의점에 도착할 수 있었다. 김 사장은 편의점 문을 연 내 모습을 확인한 뒤에 다른 매장이 있는 마을로 향했다.

편의점에는 나 혼자였다. 손님은커녕 거리에 사람 자체가 보이지 않았다. 태풍에 휩쓸리고 불어난 물 위로 둥둥 떠다니는 부유물만이 거리를 채웠다. 드문드문 보이던 차들은 조심스럽고도 빠르게 도로 위를 지나갔다. 유리창은 당장 깨져도 이상하지 않을 정도였다. 편의점에 있는 테이프를 뜯어 유리창에 가로세로 대각선으로 견고하게 붙였다. 매장 바로 앞에 계단이 있어서 물이 마구 들어오는 건 아니었지만, 조금씩 새어드는 물 때문에 입구 앞에 종이상자를 깔아 놓아야 했다. 포스기 화면에는 태풍 내비를 위한 본사의 지시사힝이 계속 뜨고 있었다.

대걸레를 무기처럼 옆에 두고 걸레도 몇 개 챙겼다. 그리고 재고 파악과 물건 정리 등 평소와 다를 것 없이 일했다.

자정이 지나 김 사장에게 전화가 왔다. 자신이 있는 편의점은 바닥에 미친 듯이 물이 들이닥치고, 그걸 막아내느라 긴급 공수한 모래주머니로 진지를 구축한 상태라고 했다. 잠시 급한 불은 껐는지 대뜸 먹고 살기 참 힘들다는 얘기를 꺼냈다. 당장 편의점을 때려치우고 다른 사업을 해보는 게 낫지 않겠냐고, 앞으로 살 궁리에 대한 진지한 얘기도 나눴다. 내 생애 남자와 한 시간 넘게 통화한 건 김 사장이 처음이었다. 남자끼리 뭐 그리도 할 얘기가 많은 건지…….

새벽 2시, 태풍은 아직 제주도를 관통하지 않았다지만 강도는 훨씬 거세졌다. 바깥에 나뒹구는 쓰레기가 많아졌고, 쓰레기가 아닌 것들이 저절로 쓰레기가 됐다. 태풍이 지나가면 밥 대용으로 먹을 것을 찾는 손님이 많아질 것 같아 평소보다 많은 빵을 반죽하고 구웠다. 출입문이 덜렁덜렁 위태롭게 움직였고, 잘못해서 확 열리면 뒷감당이 쉽지 않을 듯해서 아예 잠그려고 하던 참이었다. 바로 그때, 진녹색 비옷을 입은 사람이 비바람을 뚫고 편의점 안으로 들어왔다. 양초나 다른 것이 필요해서 온 줄 알았는데, 그 손님이 산 건 달랑 막걸리 한 병이었다. 늘 막걸리를 사가면서 입버릇처럼 "비가 오나 눈이 오나 바람이 불어도 막걸리 한 병은 꼭 마셔야 해!"라고 하던 말이 떠올랐다. 비바람에 발라당 뒤집어져 거의 곤죽이 된 우산을 들고 나타나서 담배를 사간 사람, 비옷이건 우산이건 다 던져버리고 비 사이로 무조건 돌진해 소주 한 병을 사간 사람 등. 몇몇 사람이 목숨을 걸고 매일 습관처럼 마시고 피우던 것을 사갔다. 태풍에 잘못되지 않을까 걱정되서 잠잠해질 때까지 편의점 안에 있으라고 했지만, 모두들 집을 지켜야 한다며 돌아갔다.

새벽 3시쯤 되자 전화가 걸려 왔다. 발음이 꽈배기처럼 꼬여 있고, 말끝마다 욕을 붙이는 정체불명의 취객이었다. 택시 한 대만 보내달라는데 아무래도 콜센터 전화번호랑 헷갈린 모양이었다. 여기는 편의점이라고 대답했더니, 그러니까 택시를 불러달라고 막무가내였다. 건너편 택시 콜센터 앞에는 차가 한 대도 없었다. 취객에게 상황을 설명했으나 돌아온 건 "멍청한 놈, 개님 자녀분, 썩어 문드러질 새끼" 등등 각종 욕이었다. 일단 계신 위치가 어디냐고 물었더니, 자신이 어디 있는지 모르겠다며 GPS로 한번 찾아보라고 소리쳤다. "손님, 오늘은 GPS 서비스가 되지 않으니 다른 편의점 알아보세요"라고 대답한 뒤 전화를 끊었다. 그 취객에게 전화는 다시 오지 않았다.

쓰레기를 치우려고 창고에 들어서자 신발에 물이 스며들었다. 보통 창고 안쪽에는 컵라면을 쌓아놓는데, 그 위로 물이 빠른 속도로 새고 있었다. 컵라면은 죄다 물을 먹었고, 진열이 무너지기까지 했다. 급히 컵라면을 과자가 있는 쪽으로 옮겨 바닥을 닦았다. 닦고, 짜고, 빨고를 반복했으나 스며드는 물은 멈출 기미가 없었다. 구멍을 막을 만한 것을 찾으려 매장을 샅샅이 뒤적거렸지만 찾을 수가 없었다. 테이프는 쉽게 떨어졌고, 그나마 버틴다 해도 틈새로 물이 들어왔다. 신문지와 박스를 구겨서 구멍에 넣었지만, 금세 젖어버렸다. 밤새도록 바닥에 흥건한 물을 닦을 수도 없는 노릇이었고, 네덜란드 소년처럼 구멍을 손가락으로 막고 있을 수도 없었다.

그러다가 내 눈에 껌이 들어왔다. 난 당장 껌 한 통을 까서 입안에 몽땅 넣고 씹었다. 턱이 빠질 거 같고 두통까지 몰려왔다. 그사이 비바람은 더 거세져 구멍에 들어온 물이 적지 않았다. 단물이 빠져나간 껌은 실리콘과 질감이 비슷했다. 나는 앞뒤 생각할 것 없이 껌을 뱉어 구멍에 밀어넣었다. 과연 효과는 있었다. 껌으로 구멍을 막고 테이프로 마무리하니 완벽했다. 이미 물이 스며든 컵라면은 따로 큰 비닐봉지

담아뒀는데, 한 상자가 거뜬히 넘었다. 이 소식을 들은 김 사장은 말없이 전화를 끊었다.

누가 마취도 없이 내 턱을 억지로 떼어내는 것처럼 몹시 쓰라렸다. 물 마실 때 입을 살짝 벌리는 것도 힘들었다. 그러나 나의 턱은 마음껏 아플 권리를 누릴 수 없었다. 갑자기 형광등 빛이 서서히 약해지더니 불이 꺼졌고, 포스기, 냉동고, CCTV, 현금지급기까지 전원이 나가고 말았다. 그나마 살아남은 건 전화기와 휴대용 발주기뿐. 김 사장에게 전화를 했으나 편의점 유리창 바로 앞에서 부서지는 파도와 사투 중이라고 했다.

잠시 후 본사 직원으로부터 연락이 왔다.

"절대 아이스크림이 있는 냉동실 문을 열면 안 됩니다! 아이스크림은 소중하니까요!"

그는 아이스크림의 안부를 먼저 묻고, 내 안부를 살짝 물은 뒤 급히 전화를 끊었다. 이 상황을 어떻게 해결할지 알려주지 않았다. 한전에 전화를 걸었지만, 편의점뿐만 아니라 동네 곳곳에 정전이 일어났던 터라 좀처럼 연결되지 않았다. 두 시간 가까이 수화기를 붙잡고 있었는데, 돌아오는 건 잠시만 기다려달라는 음성 안내뿐이었다.

김 사장은 어차피 이렇게 된 거 그냥 자라고 했다. 마침 이런 일을 대비한 듯 사무실에는 침낭이 하나 있었다. 겨울에 무릎이 시려 사둔 것이라던데, 내가 그걸 사용할 줄은 꿈에도 몰랐다. 침낭 속은 푹신하고 포근했다. 여름에 이런 따스함을 느끼기도 참 어려운데…….

사방이 어둠으로 깔린 매장 내부가 낯설게 느껴졌다. 포스기 아래에 양초를 뒀던 터라 그 불을 의지해 밤을 지새웠다. '도대체 난 누구인가, 지금 난 무얼 하고 있는 건가' 머릿속엔 이 질문만 무한 반복되었다. 침낭에 누워 카운터 위에 올려둔 양초를 바라봤다. 녀석, 양초가 저렇게 밝아도 되는 건지. 어느새 눈앞이 뿌옇게 서리더니 나도 모르게 닭똥 같은 눈물이 맺혔다.

태풍은 다음 날 아침에서야 잠잠해졌다. 김 사장은 아침 일찍 내가 일하는 편의점에 도착했다. "너야말로 진정 녹초구나. 내 자리를 내어주지" 하고 무릎을 꿇어도 부족하지 않을 만큼 초췌한 모습이었다.

"빵 다 태워먹었네."

정전 때문에 정신을 반쯤 놓은 터라 오븐 속에 넣어놨던 빵을 신경 쓰지 못했다. 오븐에서 200도가 넘는 열기와 맞서 싸운 빵은 거무스름하게 전사해 있었다. 마침 집에서도 정전 때문에 밥을 할 수 없다는 연락이 왔고, 나는 검게 탄 빵과 몇몇 성한 빵을 모조리 챙겨 퇴근했다. 집에 가면 편히 쉴 수 있으리라는 기대는 이날만큼은 허락되지 않았다. 닦고, 빨고, 또 닦고, 빨고……. 볼라벤과의 잊지 못할 하룻밤은 그렇게 지나갔다.

GS

편할 편, 마음 심, 큰 대

편의점에서 가장 경계할 대상은 첫째도, 둘째도, 셋째도 취객이다. 특히 늦은 밤이나 새벽에 등장하는 취객은 '특급'으로 경계해야 한다. 난 거의 매일 특급 손님들과 마주한다. 가끔은 멀리서 특급 손님의 모습이 보이면 편의점 문을 잠그고 싶은 강렬한 충동에 휩싸이곤 한다. 그러나 취객 상대는 편의점 알바생에게 숙명과도 같은 것. 취객들이 곤란하거나 귀찮은 요구를 집요하게 할 때는 최대한 심기를 건드리지 않고 유연하게 거절하다가, 사태가 심각해지면 맞은편 파출소의 도움을 받으면 된다. 여기까지 말하면 취객 상대가 별로 어렵지 않아 보인다. 이게 일종의 '표준형 취객'이니 그렇다. 세상에 표준형에 맞춰서 사는 사람이 몇 명이나 되겠는가. 새벽에 찾아오는 취객 중 표준형은 극히 드물다. 대부분 독특한 취객들이 찾아오고 내 예상과 달리 많은 시간

동안 승강이를 벌이다가 돌아간다.

밤샘 알바를 하면서 잠을 못 자서 힘든 건 별로 없었다. 재고 조사나 물건 정리, 청소 등으로 지치는 일도 많지 않았다. 내가 밤을 새운 후 반쯤 넋이 나간 상태로 퇴근했다면, 그건 지난한 시간을 진상 취객과 함께했기 때문이다. 그중 최상급에 속하는 사람이 바로 '이승만' 할아버지다. 그는 계절에 상관없이 늘 검은색 털모자를 쓰고, 연갈색 작업복과 때가 꼬질꼬질한 면바지 차림으로 등장했다.

"학생, 나 왔어요."

'진상'이라고도 부르는 최상급 취객의 가장 큰 특징 중 하나는 등장할 때마다 특유의 인사말이 있다는 것이다. 이승만 할아버지는 얼굴이 고목처럼 마르고 까무잡잡한데, 입을 삐죽 내밀면서 말하는 습관이 있었다. 그는 언제나 나를 학생이라고 불렀는데, 그만큼 어려 보여서 그런다고 했다. 어릴 때부터 노안이 인생 최대의 고민이었던 내게는 고마운 말이었다. (물론 항상 취한 상태에서 그런 말을 하셨지만.)

이승만 할아버지는 무슨 말을 하다가도 뜬금없이 내게 존경한다고 말했다. 이유는 별거 없었다. 그저 밤을 지새며 일하는 자체가 존경받아 마땅하다는 것이있다. 원양어선에서 밤낮 가리지 않고 일만 했던 젊은 시절을 생각하면, 잠을 못 자는 고통이 얼마나 심한지 안다고 했다. 여기까지는 딱 좋았다. 선장이 찬물을 끼얹어 깨우고, 종을 쳐서 깨우고, 파도에 휩쓸려 죽을 뻔했다는 얘기 등등 자신만의 파란만장한 역사를 매일 똑같이 토씨 하나 틀리지 않고 반복했다. 졸음은 자동으로 생성되었고 온몸에 가려움증이 저절로 생겨났다. 젊을 적 제주도에 내려와 정착한 그는 특유의 근면 성실함으로 땅을 무려 3,700평까지 소유했다고 했다. 제주에서 결혼해 농사를 지으며 남부럽지 않게 살아왔는데, 어느 날 아내가 암 진단을 받았다고 했다. 아내를 치료하기 위해 고생해서 모은 땅을 모두 팔았지만, 결국 아내는 먼저 떠났다는 내용이었다.

듣는 동안 내 눈시울이 점점 뜨거워졌다. 내가 직접 겪은 일은 아니지만, 나 역시도 소중한 사람을 이런저런 사정으로 먼저 보내본 적이 있었다. 그의 얘기를 들으니 나의 기억이 떠올랐다. 수십 년 전 일이지만 이분에겐 평생 잊을 수 없는 슬픔이기에 여느 때보다 그분의 말에 귀를 기울였다. 그런데 이승만 할아버지는 매일같이 찾아와서 같은 이야기를 반복했다. 무엇보다 제주도에서 가장 땅값 비싼 신제주에 3,700평의 땅을 가졌었다는 얘기를 강조했다. 그것만 잘 가지고 있었

다면 자신은 재벌이 될 수 있었다며.

내가 그분을 '이승만' 할아버지라고 부르는 건 항상 통보리죽도 제대로 못 먹었던 이승만 대통령 시절부터 회상했기 때문이다. 그때부터 각 대통령을 거쳐 현재까지의 삶을 줄줄이 말하는데, 근현대사 공부나 다름없었다. 비록 이승만 할아버지가 늘 취한 상태에서 나타났지만, 내게 욕설이나 폭행 같은 난동을 피운 적은 한 번도 없었다. 항상 미안하다는 말을 덧붙여 자신의 얘기를 꺼냈고, 다른 취객과 달리 절대 반말을 하지 않았다. 이런 손님을 어찌 매몰차게 대할 수 있겠는가. 다른 사람들은 그냥 무시해버리라고 말한다. 하지만 그럴 수도 없는 게 난 알바생이기 때문이다. 내가 일하는 편의점에 오는 손님들을 할 수 있는 한 반기고, 또 친절히 대해야 한다고 생각한다. 손님들은 단순히 편의점에서 필요한 물건만 사는 게 아니라 다시 오고 싶은 마음을 챙겨 간다는 내 나름대로의 알바 철학이 있다.

이승만 할아버지는 항상 '편할 편便, 마음 심心, 큰 대大'가 무엇인지 아느냐고 물은 뒤 이야기를 마무리했다. 사람이 편하게 살려면 마음을 크게 가져야 한다는 뜻이다. 그는 항상 내게 그 얘기를 강조하고 발걸음을 돌렸다. 다른 시간대 알바생에게도 똑같은 얘기를 했다고 전해

들었다. 다만, 다른 사람에겐 내 칭찬을 아주 많이 했다고 했다. 그런 얘기를 들으니 이승만 할아버지를 더더욱 함부로 대할 수가 없었다.

매일같이 편의점을 찾아오던 이승만 할아버지가 한동안 발길을 뚝 끊은 적이 있다. 동네가 작아서 길에서 한두 번 마주칠 법도 한데, 그림자조차 볼 수 없었다. 난 이승만 할아버지가 올까 싶어 괜스레 매장 밖을 살펴보곤 했다. 그가 다시 나타난 건 두 달 정도 지났을 무렵이었다. 창백한 얼굴, 박박 밀어버린 머리, 부르튼 입술에는 피가 잔뜩 맺혀 있었다. 그는 막걸리를 한 병 산 뒤 편의점 안에 있는 테이블에서 마셨는데, 계속 손을 떨고 있었다. 그러곤 여느 때와 달리 별다른 말 없이 조용히 편의점을 나갔다. 어깨를 축 늘어뜨리고 힘없이 걸어가는 할아버지의 뒷모습에 내 시선이 고정됐다.

며칠 후, 이승만 할아버지가 다시 모습을 보인 건 평소보다 훨씬 조용했던 새벽녘이었다. 술 냄새가 지독했다. 할아버지는 바닥에 침을 흘리고 몸을 이리저리 위태롭게 비틀거리면서 편의점 안으로 들어왔다. 막걸리가 있는 곳으로 가던 중 다리가 꼬여 제풀에 넘어지자 갑작스럽게 괴성을 내질렀다. 일단 나는 이승만 할아버지를 부축해 의자에 앉히고, 찬물을 한 잔 건넸다. 할아버지는 역시 학생은 존경스럽다는 말을 빼먹지 않고 내밷으며 찬물을 들이켰다.

"학생, 미안해요. 그런데 나 지금 너무 힘들어요."

그는 지난 두 달간 구치소에 다녀왔다는 얘기를 조심스럽게 꺼냈다. 술을 자주 마시고 말이 많았지만, 누구에게 해를 끼칠 사람으로 보이지는 않았다. 오히려 진상 1호가 사고를 쳐서 구치소에 들어갔다면 아주 적극적으로 이해했을 것이다. 사정을 들어보니 생각보다 큰 사건이었다. (여기서 자세한 내막을 밝힐 수 없음을 이해해주시길 바란다.) 할아버지는 그저 억울하다는 말을 했지만, 단순히 그런 말로 해결될 문제가 아니었다. 한때 법조계 진출을 꿈으로 삼고 공부했던 나의 얇은 지식을 총동원해 방법을 함께 고민해보자고 했다. 허나 잔뜩 취한 사람에게 무슨 얘기가 통하리오. 술이 깨면 법원에서 받은 서류를 모두 가져오라고 말한 뒤 돌려보냈다.

다음 날 이승만 할아버지는 술 냄새를 풍기지 않고 다시 편의점에 찾아왔다. 손에는 수사와 재판 때 쓰였던 서류들이 들려 있었다. 내용을 살펴보니 들었던 것보다 사태가 훨씬 심각했다. 여태껏 가만히 있었던 이유조차 이해가 되지 않았다. 나는 괜한 울컥함이 치밀어 올라서 도대체 지금까지 무얼 하고 있었느냐며 그에게 목소리를 높였다. 이승만 할아버지는 그저 억울하다는 말만 되풀이했다. 이 서류들을 한 번이라도 제대로 읽어보았냐고 물었더니 그가 고개를 내저었다. 왜 읽지도 않고 가만히 있었냐고, 구치소에 들어가기 전까지 이런 서류를 숱하게 받았을 텐데 대체 뭘 했느냐고 물었다. 나도 모르게 계속 언성이 거칠고 높아졌다.

"학생, 사실 난 글을 모르오."

"네?"

난 순간 멈칫했고 어떤 말도 꺼낼 수 없었다. 그 역시 얼굴이 붉어졌으나 나와 눈을 마주치지 못하고 고개를 아래로 떨어뜨렸다.

"내가 읽을 수 있고, 쓸 수 있는 건 이것뿐이오."

그가 영수증 뒤편에다가 볼펜으로 꾹꾹 눌러쓴 세 글자를 보여줬다. 그건 바로 이승만 할아버지의 이름이었다. 난 너무 경솔하게 목소리를 높여서 죄송하다고 사과했다. 그리고 서류를 다시 찬찬히 살펴봤다. 그는 무죄로 풀려났다고 말했지만, 서류상으로는 집행유예 상태였다. 게다가 검찰이 항소한 상태라 앞으로 어떻게 될지는 더더욱 모를 일이었다. 이승만 할아버지는 국선 변호사가 누구인지도 잘 몰랐다. 자신의 집에 찾아온 수사관을 변호사로 혼동했고, 누가 자신에게 도움을 주는 사람인지도 몰랐다. 이번만큼은 나도 가만있을 수가 없었다. 억울한 사람이 술만 마시고 다니면 누가 알아주겠냐고, 스스로 적극적으로 나서지 않으면 누구도 도와줄 사람이 없다고, 앞으로 자식 얼굴은 어떻게 보고 살아갈 거며, 자식 앞에서 당당해지려면 부끄러움을 감수하고라도 최대한 도움을 청하라는 등의 쓴소리를 아끼지 않았다. 그러나 돌아온 대답은 그저 미안하다는 얘기와 억울하다는 말뿐이었다.

그 뒤로도 이승만 할아버지는 평소와 다를 것 없이 자주 얼굴을 비쳤다. 그러다가 하루는 새로운 서류를 가지고 왔다. 항소심 첫 공판에 출석하라는 피고인 소환장이었다. 게다가 날짜는 바로 오늘 아침, 첫 번째 순서였다. 해가 뜨면 바로 출발해야 하는데, 이승만 할아버지는 술에 잔뜩 취해 있었다. 법원에 출석해서 재판을 받지 않으면 큰일이 날 거라는 나의 말은 그저 메아리처럼 편의점 안에서만 울려 퍼졌다.

그 후로 이승만 할아버지는 같은 서류를 두 번 더 가지고 왔다. 그때마다 난 반드시 가야 한다고 신신당부했다. 차비가 없어서 못 가겠다는 말을 듣고, 내 지갑에 남아 있는 지폐 몇 장을 모두 주기도 했다. 꼭 공판에 참석하겠다는 약속을 받아냈지만, 끝내 이승만 할아버지는 억울하다는 말만 되풀이했을 뿐, 그 억울함을 풀려고 하지 않았다.

"놔두면 어떻게 되겠지요. 설마 나를 어찌 하겠소."

그저 피하면 뭐든지 해결이 될 것이라고 여기는 그에게 화가 났다. 그때부터 난 이승만 할아버지가 찾아와도 그리 반기지 않았다. 무슨 얘기를 하면 일부러 소일거리를 만들어 바쁜 척을 했다. 항상 미안해하던 그는 잠시 말하다가 내 눈치를 살피고 돌아가곤 했다. 처음부터 이승만 할아버지와 관계가 돈독했던 건 아니었으나 전보다 훨씬 소원해졌다. 그저 그런 진상 손님 중 한 명으로 여겼고, 한편으로는 그분이 정녕 죄가 있으니까 괜히 겁내는 것이라는 생각도 들었다. 내가 이런 생각을 할 때쯤부터 그의 모습은 보이지 않았다.

두어 달이 지난 어느 쌀쌀한 새벽, 손님이 뜸해 원고에 한창 집중하던 중이었다. 머릿속에서 생각한 것보다 손가락이 더 빨리 움직였고, 이 정도 속도라면 바빠지기 전까지 꽤 많은 분량을 써놓을 수 있겠다 싶었다. 매장 배경음악에 어깨를 들썩이며 키보드를 신나게 두드렸다. 평소 전혀 생각지 못했던 표현이 나오고, 막혔던 부분은 자동차가 갓 개통한 고속도로 위를 달리듯 뻥뻥 뚫렸다. 손가락의 움직임이 절정에 이른 바로 그때, 이승만 할아버지가 등장했다.

"학생, 나 왔어요!"

순간 맥이 빠졌다. 왜 하필 이럴 때 왔을까. 표정 관리가 전혀 되지 않았다. 막걸리를 한 병 사서 테이블에서 마셨는데, 그에게 뭐라고 한마디 하고 싶은 심정이었다. 조용히 막걸리 한 병을 다 비운 이승만 할아버지는 잠시 머뭇거리더니 내게 손을 내밀었다. 악수 한번 하고 싶었다는 것이다. 나는 잠시 망설이다가 그의 손을 잡았다.

"고마워요."

얼굴은 벌겋게 달아올랐고 막걸리 냄새를 진하게 풍겼지만, 목소리는 비교적 말끔했다. 당분간 찾아오지 못할 것이라는 말을 덧붙였다. 전기도 들어오지 않는 폐가와 다름없는 곳에 살면서 그동안 나처럼 자신의 말에 귀를 기울여주고 신경을 써준 사람이 없었는데, 자신이 사람이고 살아 있다는 생각이 들게 해줘서 감사하다고 했다. 그러나 현재 닥친 지독한 삶을 도저히 감당할 수 없다며 어깨를 축 늘어뜨렸다. 자식은 몇 있지만 아예 남처럼 연락을 끊었고, 찾아올 때마다 수중에 있는 돈이란 돈은 다 쓸어 가버리고, 갑자기 연락 온 다른 자식은 서류를 챙겨 가더니 할아버지 명의로 사업자 등록을 해서 기초생활수급을 끊었다고 했다. 그동안 공공근로로 겨우 먹고 살았지만, 그마저도 사건과 관련돼 할 수 없는 처지라고 했다. 그는 굶어 죽기보다 차라리 교도소에 들어가 사는 게 더 낫겠다는 말과 함께 남은 막걸리를 마저 비웠다. 나는 그곳에 들어가면 당장 밥이야 먹을 수 있겠지만, 다시 나오면 사람들이 지금보다 더 사람 취급을 안 해줄 거라고 말했다. 그러나 이승만 할아버지는 그때나 지금이나 별반 달라질 게 없을 거라며, 날이 밝으면 누군가가 찾아온다고 했다. 누구냐고 묻지 않아도 짐작할 수 있었다.

나는 이승만 할아버지가 조심스럽게 내민 손을 다시 잡았다. 악수한 손에 다른 손도 얹었다. 제발 희망을 잃지 말라고, 포기하지 않으면 반드시 밝혀낼 수 있을 거라는 책임지지 못할 말을 내뱉었다. 그게 그때 내가 유일하게 할 수 있는 말과 행동이었다. 돌아가는 이승만 할아버지를 배웅하며 곧 다시 만나자고 약속했다. 그는 '편할 편, 마음 심, 큰 대' 이 세 글자를 절대 잊지 말고 잘 살라고, 항상 존경한다는 말을 남긴 뒤 어둠 속의 그림자로 쓸쓸히 사라졌다.

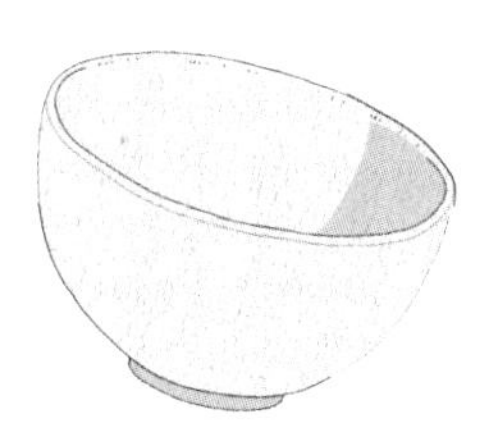

찾아와줘, 제발

"이번엔 완전 꽝이야."

GOT(발주와 정산 등 편의점 운영에 필요한 관리 기기)를 살펴보던 김 사장의 한숨이 깊어졌다. 모니터에는 이번 달 모니터링 점수가 떠 있었다. 편의점엔 한 달에 한 번 암행어사처럼 모니터링 요원이 등장한다. 어떤 사람이 몇 시에 등장하는지 누구도 알 수 없다. 심지어 담당 본사 직원도 알려주지 않는다. 그들은 일반 손님과 구분할 수 없이 은밀히 왔다가 사라진다. 모니터링 요원은 편의점의 청결도, 물건 진열 상태, 행사용품 설치 여부, 근무자 친절도 등 여러 사항을 종합적으로 파악해 본사에 보고한다. 최고 S부터 최악 F까지 등급을 매기는데, 점수가 좋으면 본사에서 지원하는 특별 혜택을 받을 수 있다. 반대로 점수가 나쁘면 본사 직원의 특별 관리와 일반적인 지원에서 제외됨은 물론 각종 페널티가 부과된다.

근무자가 모니터링 요원에게 좋은 점수를 받게 되면 우수 파트타이머로 선정될 확률이 높아진다. 우수 파트타이머는 월간과 분기로 나뉘는데, 월간 우수 파트타이머가 되면 1만 포인트가 들어 있는 편의점 멤버십 카드와 기프티콘을 받고, '서비스 에이스'라는 칭호가 표기된 명찰을 달 수 있다(기본적으로 G편의점 알바는 '서비스 도우미'라고 적힌 명찰을 사용한다). 또 분기별 우수 파트타이머 후보에 올라간다. 한편, 분기별 우수 파트타이머가 되면 장학금 혜택과 본사 공개 채용 때 서류 전형이 면제되는 특별 혜택을 받을 수 있고, 가맹점을 차릴 경우 몇백만 원 정도 되는 가맹비가 절반으로 줄기도 한다. 명찰에는 '서비스 스타'라는 칭호가 붙는다. 이걸 알아보는 손님은 많지 않지만, 분기별 우수 파트타이머가 된 알바생들의 증언에 따르면 앞으로 무슨 일이든 다 잘할 수 있을 것 같은 자신감이 생긴다고 한다.

김 사장은 내가 여태껏 잘해왔으니 하던 대로만 하면 충분히 우수 파트타이머가 될 수 있다고 했다. 함께 일하는 두 누님도 생각이 같았다. 어차피 큰맘 먹고 시작한 편의점 알바, 내가 최선을 다하고 있는지 확인해보고 싶었다. 포상이나 특별한 혜택을 바란 건 절대 아니었다.

(물론 포상을 준다면 절대 거부할 생각은 없지만.)

마침 지난 몇 달간 모니터링 요원은 낮이나 저녁에만 등장했다. 이제 남은 건 내가 근무하는 밤 10시부터 아침 9시까지. 이번 달만큼은 모니터링 점수 만점과 우수 파트타이머까지 도전해보겠다는 급조된 목표가 생겼다. 평가표에는 모니터링 요원이 언제 어떤 물건을 샀는지 간략히 적혀 있었다. 그걸 토대로 CCTV를 꼼꼼히 살펴본 결과, 낯선 이가 등장해 편의점을 자연스럽게 둘러보다가 물건을 딱 하나만 사가는 모습을 포착했다. 사람이 많은 틈을 타서 들어온 경우가 많았고, 매달 중순 이후에 등장한다는 특징도 발견했다.

난 모니터링 요원에 대응하는 자세를 고민하고, 나름의 전략을 세웠다. 손님이 들어오면 평소보다 훨씬 크고 밝은 목소리로 "어서 오세요!" 하고 외쳤다. 단골손님들은 무슨 좋은 일이라도 생겼냐며, 활기 넘치는 내 모습에 기분이 좋아진다고 한껏 미소를 머금고 돌아갔다. 유니폼에 라면 국물이나 청소하다가 생긴 때가 묻으면 즉시 세제를 동원해 닦아냈고, 며칠에 한 번씩 집으로 가져가 빨래를 했다. 본사 규정상 슬리퍼 착용은 금지라 더운 날 무좀균 증식을 감수하고서 일하는 내내 운동화를 신었다. 무거운 졸음이 내 몸을 짓눌러도 머리는 꼭 감고,

곱게 빗질까지 했다. 행여 앞니에 고춧가루나 김이라도 꼈을까 봐 입을 자주 헹구는 깨알 같은 정성도 아끼지 않았다. 깨끗한 매장을 유지하려고 바닥을 빗자루로 쓸고 또 닦았다. 매대에는 조금의 잉여 공간도 없게 하려고 제품들을 빼곡하게 채우고 자로 잰 듯 줄을 세웠다. 출입문과 바깥 유리창도 걸레가 시커먼 때로 가득할 때까지 깨끗하게 닦았다. 편의점 밖에 버려진 담배꽁초와 쓰레기, 나뭇잎 등도 말끔히 치우며 깨끗함을 유지했다.

특히 처음 보는 손님이 오면 '대환영'한다는 의미로 허리를 최대한 바짝 숙여 인사했고, 무얼 찾는 눈치면 총알처럼 튀어나왔다. 500원짜리 껌 한 통을 산 손님에게 할인 카드나 멤버십 카드가 있는지 물어봤고, 없다면 한번 써보지 않겠느냐며 적극적으로 권유했다. 거기다 현금영수증이 필요하지 않냐고 집요에 가까운 친절을 보였다. 물건을 많이 산 손님에게는 직접 문을 열어주었고, 차를 몰고 온 손님에게는 길을 건너서 배달해주는 과잉 친절의 끝을 선보였다. 이렇게 과도한 친절을 이어간 지 열흘째 되던 날, 김 사장으로부터 전화가 왔다. 그도 이번만큼은 모니터링 요원이 내 근무시간에 등장할 것이라고 확신하며 말했다.

"오늘이야."

김 사장이 일러준 그날에는 특히 낯선 손님들이 많았다. 매장 전체를 둘러본 뒤에 물건을 딱 하나만 사가는 손님도 몇몇 있었다. 그중 말끔한 양복 차림에 한 손에는 스마트폰을 들고, 매장을 쭉 살펴보던 손님이 있었다. CCTV로 파악했던 모니터링 요원은 매장을 살펴보며 스마트폰에 무언가를 체크하는 특징이 있었다. 그 모습과 흡사해 내 눈은 자연히 그 손님에게 집중되었다. 달랑 캔커피 하나를 가져온 모습을 보고 난 확신에 확신을 더했다.

"손님, 멤버십 카드 있으세요?"

"없는데요."

"그럼 새로 만들어보는 건 어떠신가요? 1원까지 사용할 수 있는 초특급 적립카드입니다!"

"괜찮은데……."

"지금 바로 사용 가능하시니까, 사양하지 말고 쓰세요."

즉석으로 그에게 멤버십 카드를 만들어줬고, 굳이 괜찮다는데 현금영수증까지 챙겨줬다. 돌아가는 그에게 와주셔서 정말 감사하니 다음에 또 오라는 인사를 힘주어 외쳤다. 그 손님을 보내고 곧장 김 사장에게 전화해 이번 달 모니터링 결과는 무조건 걱정하지 말라고 큰소리쳤다. 그러나 다음 달 초순경, 모니터링 평가표를 받아본 김 사장의 표정이 돌처럼 굳어졌다.

"이게 뭐야."

예상치 못한 C등급이었다. 게다가 모니터링 요원은 내 근무시간대가 아니라 주말 오후에 등장했다고 적혀 있었다. 문제는 모니터링 요원이 온 그때, 내가 잠시 편의점에 들러 다른 알바생과 물건을 정리하던 중이었다는 것. 잠시 들른 것이고 내 근무시간도 아니어서 유니폼을 입지 않았는데, 그게 감점요소에 정확히 표시돼 있었다.

'회색 옷 입은 신원 미상 남성, 유니폼 미착용.'

만점을 받을 것이라는 확신에 차 있어서 그랬는지, 허탈감은 수십 배로 더 크게 다가왔다. 난 며칠간 일하는 내내 천장을 바라보며 한숨을 내쉬었다. 내 근무시간에 모니터링 요원이 등장할 거라는 김 사장의 제보에 한동안 또 과잉 친절 모드에 돌입했으나, 내가 일하는 시간대에는 '절대' 오지 않았다. 오죽했으면 일주일에 한 번씩 오는 본사 직원한테 제발 내 시간에 모니터링 요원을 보내달라고 협박 비슷한 부탁까지 했을까.

지금까지도 난 모니터링 요원에게 평가를 받아본 적이 없다. 우수 파트타이머라는 목표도 점점 멀어졌다. 대신 낮에 일하는 띠동갑 누님이 무려 두 번이나 우수 파트타이머가 됐다는 소식을 나중에 들었다. (모니터링 요원도 오후 6시면 칼퇴근할 것이라는 확신적 추측이 든다.)

얘들아, 이 형 피곤하다

나의 첫 장편소설은 『그 녀석의 몽타주』다. 소설 속 주인공 '안동안'의 실제 나이는 열일곱이지만, 얼굴 나이는 서른다섯이다. 극심한 노안 때문에 괴롭게 살지언정 교우관계는 참 좋다. 가장 큰 이유가 전설적인 '빵 뚫기' 능력 때문이다. 요즘은 중고등학생뿐만 아니라 초등학생까지도 술과 담배에 노출돼 있다. 그들 사이에서 술과 담배를 살 수 있는 능력을 '뚫기'라고 표현한다. 소설 속 주인공 '안동안'의 전설적인 능력을 표현해낼 수 있었던 건, 내가 바로 그 장본인이기 때문이다. 열여섯 살 즈음에 이미 서른 살에 가까운 얼굴을 가진 노안 소년이 바로 나였다. 그 때문에 동네 슈퍼는 물론 대형마트, 백화점 등에서도 19세 미만이 사지 말아야 할 것들을 아무런 장애물 없이 살 수 있었다.

담배를 피우는 아버지에게는 심부름 잘하는 아들이었고, 미찬가지로 담배를 피우기 시작한 친구들에게는 교주처럼 절대적인 존재였다. 내 심기를 건드리면 그들은 예기치 않은 금단 현상에 밤새도록 고생해야 했으니……. 그 어렵다던 학교 옆 슈퍼에서도 막힌 적이 한 번도 없었고, 특히 편의점은 성공률 120%를 자랑했다. (편의점 알바 형이 내게 신제품 담배를 권할 정도였다. 단골이라며 라이터를 서비스로 주는 일도 많았다. 그것도 일반 라이터도 아닌 리필이 가능한 전자 라이터로. 편의점 알바 형, 고맙고 미안해요!)

이제 내가 편의점 알바 형의 입장이 되니까 갑자기 신경이 곤두서기 시작했다. 소싯적 충분히 누렸지만, 동생들이 이런 혜택을 누리는 건 용납할 수 없었다. 왜 이제야 느닷없는 도덕심과 정의감이 생긴 것인지 명확한 이유를 알 순 없었다. 나는 어떻게든 술과 담배를 뚫으려는 녀석들을 강철 방패처럼 튕겨내고자 연구에 몰두했다.

내가 사는 애월읍은 제주도에서 그리 알려진 관광지는 아니다. 최근 들어 유명 프로그램에서 하나둘씩 소개하기 시작했고, 알 만한 사람들이 소문을 냈다지만 유명 관광지에 비하면 그리 관광지답지 않았다. 다만 규모가 크고 저렴한 콘도가 하나 있는데, 전국 각지에서 온 수학여행단이 그 콘도를 이용하곤 했다. 콘도 안에 있는 슈퍼는 밤이 되면 금방 문을 닫았고, 근처에는 숙박업소와 카페 말고는 아무것도 없었다. 결국 라면이나 생수, 과자 등이 필요하면 마을로 내려와야 하는데, 가장 먼저 보이는 곳이 바로 내가 있는 편의점이다.

자정이 되면 동네에서 전혀 보지 못했던 녀석들이 콘도가 있는 방향에서 내려왔다. 70% 확률로 그들이 수학여행단임을 알아차리는데, 서너 명이 함께 우르르 몰려다니면 80%로 높아진다. 모자를 꾹 눌러쓴 가장 나이 들어 보이는 녀석이 혼자 들어오면 85%, 서너 명이 사이좋게 비슷한 옷차림으로 들어오면 90% 확률이다. 혼자 있으면 어딘가 모르게 불안해 보이고, 우르르 몰려 있으면 굳이 하지 말아야 할 대화를 나눴다. 국어쌤보다 수학쌤이 더 재수 없다느니 평균이 70점밖에 안 나왔다느니, 학생이기에 가능한 대화를 내 귀가 안 들리는 것처럼 대놓고 자기들끼리 속삭이는데, 다 들린다. 바나나킥이나 초코 맛 과자

등 단맛 위주의 과자를 올려놓으면 93%로 확률이 높아진다. 이 정도면 확신해도 되지만 정확하게 하기 위해 신분증을 요구한다. 집에 두고 왔다느니 주민등록증이 없다느니 하면 상황 종료다. 주민등록증이나 운전면허증을 내미는 학생도 있다. 얼굴이 다르면 두말할 것 없이 돌려보내고, 박박 우기더라도 얼굴이 다르다고 정색하면 대부분 수긍한다. 문제는 형이나 사촌 것으로 추정되는 신분증이다. 주민등록번호를 더듬으면 의심의 강도가 98%로 급상승하고, 주소를 틀리면 의심은 확신으로 바뀐다. 주민등록번호와 주소를 잘 말했는데 계속 의심을 놓지 못하는 경우도 종종 있다. 최후의 수단으로는 띠를 물어보면 된다. 포스기 모니터 아래에 본사 직원이 붙여놓은 해당 연도 판매 가능한 나이와 띠가 표시돼 있다. 띠를 물어보면 당황한 나머지 그냥 자신의 띠를 말해버리는 경우가 허다하다. 띠를 틀리면 100% 미성년자라 판단하고 돌려보낸다. 대개 띠에 막혀서 돌아가는 녀석들이 많았다.

허나 편의점에서 알바를 해본 녀석도 있을 것. 설령 직접 해보지 않더라도 편의점 알바를 해본 친인척이나 지인에게 고급 정보를 입수하는 경우도 적지 않을 것이다. 띠까지 완벽히 준비한 무시무시한 녀석이 반드시 있을 것이라는 걱정이 현실이 되는 데는 그리 오랜 시간이 걸리지 않았다.

그 남학생은 경상도 지역의 고등학생이었는데, 나이가 꽤 들어 보였지만 어딘가 앳된 구석이 있어 신분증을 요구했다. 사진과 얼굴이 무지 비슷하기만 했다(절대 동일 인물 같지는 않았다). 주민등록번호를 부르는 데 거침없었다. 오히려 한 번 더 부르기까지 했다. 주소 역시 번지와 호수까지 또박또박 말했고, 띠도 고민하거나 망설임 없이 말했다. 눈동자에 흔들림이 없었고 어색하게 입꼬리를 올리지도 않았다. 이 정도면 다른 곳에서는 꼼짝없이 술을 건넸을 것이다. 그러나 내가 누군가. 자타공인 뚫기의 전설이다. 머리끝에서부터 발끝까지 스며드는 느낌이 좋지 않았다. 술을 대량으로 샀고 안주 역시 단맛 과자였다. 무엇보다도 결제 수단이 현금이었다. 성인들은 보통 카드를 즐겨 사용한다. 현금으로 큰돈을 쓰는 일이 그리 흔치 않았다. 그는 지갑도 아니고 바지 주머니에서 꼬깃꼬깃한 지폐를 꺼냈는데, 쓰다 남은 두루마리 휴지를 뭉쳐놓은 듯했다.

신분증을 빤히 쳐봤더니 녀석은 빨리 계산하고 봉지에 담아달라고 재촉했다. 나는 수학여행객으로 보이니 솔직히 말하라는 강속 돌직구를 던졌다. 나도 알 거 다 아는데, 선수끼리 이러지 말자고. 하지만 녀석은 코웃음을 쳤다. 보통 학생들은 신분증 검사에서 걸리면 화를 낸다. (화를 내면 무조건 미성년자다.) 그런데 이 녀석은 오히려 자신을 젊게 봐줘서 고맙다며 안주를 더 가져왔다. 거기다가 음료수를 하나 더 꺼내 밤새 수고가 많다며 내게 건네줬다. 전설은 나 하나로 끝날 줄 알았건만, 이렇게 무시무시한 녀석이 있을 줄이야.

일단 현금을 받았지만 차마 포스기를 눌러 결제할 수가 없었다. 여기서 내가 무너진단 말인가. 건너편 파출소 경찰을 부르기도 참 애매모호한 상황이었다. 괜히 불렀다가 피해자 진술서를 쓰는 등의 이래저래 복잡한 상황을 만들기 싫었다. 무엇보다 왕년에 '빵 뚫기' 전설인 내가 이 녀석에게 무너지는 것 같아서 자존심이 허락하지 않았다. 짧은 순간 난 온 신경을 모아 그 녀석의 눈빛을 계속 읽어 내려갔다. 그 순간 뇌리에 미세하게 스친 것이 있었으니, 바로 숙소. 난 최대한 양쪽 입꼬리를 올린 채 그에게 관광하러 왔냐고 물었다. 그렇다고 대답하길래 숙소는 어디냐고 물었다. 이때 녀석의 눈빛이 급격히 흔들렸다. 그러나 눈빛만으로는 부족했다. 확실한 적시타가 필요했다. 내 손에는 녀석의 신분증이 들려 있었고 현금도 함께였다.

내가 숙소에 전화해도 되겠냐고 묻자 녀석은 몸을 뒤로 주춤했다.

내 손에 들린 담보물 때문에 차마 도망가지도 거부하지도 못하는 눈치였다. 난 즉각 콘도에 전화를 걸었다. 통화음이 울리는 동안 지금이라도 학생인 걸 밝히면 조용히 보내주겠다고 했지만, 녀석은 돌처럼 굳은 얼굴로 아무 말 없이 버티고 있었다.

통화음이 한참 울린 뒤에야 콘도 직원과 연결되었다. 난 녀석이 말해준 120호에 어떤 손님이 묵고 있냐고 단도직입적으로 물었다. 근처 G편의점이라고 말하니 우당탕 소리가 나더니 상대방이 목을 다시 가다듬었다. 콘도에서는 내 전화를 별로 반기지 않았다. 그동안 수학여행 온 녀석들이 뚫기를 시도하다가 걸리면, 내가 반드시 그 콘도에 강력히 항의했기 때문이다. 오히려 김 사장은 이런 일이 있을 때마다 가만히 있었고, 알바생인 내가 더 강경했다.

120호는 수학여행단 인솔자들이 묵는다는 대답이 돌아왔다. 그러면 92년생이 있냐고 물었다. 이때 녀석의 눈은 반쯤 풀렸고, 고개를 푹 숙이고 있었다. 직원은 알아보겠다고 하더니 아예 120호와 연결해주겠다고 했다. 통화음이 울리는 동안 그에게 마지막 기회를 줬다. 좋은 말 할 때 학생인 걸 밝히라고. 녀석은 웃음기를 잃은 얼굴로 내 눈을 마주 보더니 입술을 꽉 깨물었다.

몇 분 뒤 편의점 앞에는 120호의 진짜 투숙객인 수학 선생님이 보낸 택시가 한 대 섰다. 녀석은 신분증과 현금을 돌려받으며 그제야 죄송하다고 했다. 난 조용히 녀석의 어깨에 손을 얹었다. "넌 정말 천부적인 뚫기 능력이 있지만, 이제 영원히 그 능력을 묻어버려야 한다"고 여유와 심각함을 적절히 섞은 목소리로 말했다. 나같이 숨겨진 전설을 또 만날까 봐 다신 못하겠다고 말한 녀석, 과연 다른 곳에서는 그 능력을 발휘하지 않고 살아갈지…….

지금까지도 나를 피곤하게 하는 동생들이 참 많다. 난 감히 100% 방어율을 자랑할 수 있다. 내가 전설로 활동했을 때 지금의 나 같은 알바생이 없었느냐고? 당연히 많았다. 하지만 난 그들을 넘어섰다. 단순히 얼굴로만 승부하지 않고, 철저한 분석을 통해 상대에게 맞는 대응을 했다. 특별히 나 때문에 소주보다 더 쓰디쓴 맛을 본 수학여행단 동생들을 위해 뚫기 비법을 풀겠다. 잘 읽어보시라. 세상 어느 책에서도 볼 수 없는 깨알 비법이자 이 책을 읽은 독자들만이 누릴 수 있는 특권이다. 집중해라. (다만, 이 글이 세상에 나온 순간 이 방법들은 모두 무용지물인 점만 명심해두길. 전설은 나 하나로 충분하다.)

1. 화장은 가볍게

학생이 화장한 건 딱 티가 난다. 오히려 비비크림만 바르거나 아예 민낯으로 등장하면 분간하기가 더 어렵다. 민낯은 죽어도 싫은가? 뚫기의 세계를 만만히 보지 마라. 포기하는 게 있어야 얻는 것이 있다.

2. 신분증을 꼭 챙겨라

형제나 자매와 얼굴이 비슷하다면 신분증을 챙기는 것도 좋다. 신분증을 챙겼으면 주소와 생년월일 등의 인적사항은 완벽히 외워라. 대신 걸리면 경찰서로 갈 각오 하자. 술을 판매한 편의점보다 신분증을 도용한 죄가 더 크다.

3. 포커페이스를 연습해라

신분증을 요구하면 화부터 내는 우매한 어린양이 있다. 실제로 어른들은 신분증을 보여달라고 하면 '미소 천사'로 변한다. 신분증을 요구하면 웃어라. 기쁨에 겨워 자지러져라. 그리고 지갑에서 자연스럽게 신분증 꺼내 보여주면 된다.

4. 여러 명이 우르르 몰려오지 마라

삭은 녀석들을 모아 완벽한 구성원이 된다면 효과가 있을지도 모르겠다. 만약 그렇다면 최소한 편의점 안에서는 제발 입을 다물고 있어라. 얼굴은 속일지 몰라도 변성기에 허우적거리는 목소리와 선생님과 친구를 험담하는 내용은 대놓고 '나 학생이에요' 하는 것과 같다. 차라리 혼자 와라.

5. 소주는 그 지역 소주로 사자

제주도에는 '한라산'이라는 소주 브랜드가 있다. 제주도 사람 대다수가 한라산만 마신다. 심지어 관광객도 일부러 한라산을 경험해보려 한다. 하지만 수학여행 온 녀석들은 습관처럼 자신이 마시던 것만 찾는다. 심지어 자기 지역에 파는 소주가 없냐고 물었다가 그 자리에서 쫓겨난 녀석도 있다.

6. 단맛 과자는 피해라

새우 맛 과자나 감자칩은 괜찮다. 그러나 초코 맛, 바나나 맛, 계란 과자 같은 달콤한 과자는 정체를 드러내기 쉽다. 긴가민가한 녀석들은 과자 고르는 것을 보고 딱 잡아낸다. 어른들은 과자보다 소시지나 마른안주를 더 좋아한다.

7. 현금보다는 카드로

미성년자가 술과 담배를 사려고 올 땐 '당연히' 현금을 낸다. 현금으로 대량의 술을 사면 우선 의심이 간다. 형이나 부모님 카드를 쓰면 되겠구나 싶겠지만, 그것 역시 걸리면 감당하기 어려운 후폭풍이 닥쳐올 것이다.

잡혀라, 잡힐지어다, 믿습니다!

수많은 아르바이트 중에서 편의점을 선택한 건, 본업인 글쓰기와 집안의 생계를 책임져야 한다는 두 마리 토끼를 모두 잡기 위해서였다. 손님 입장에서 편의점을 이용할 때는 잘 몰랐는데, 편의점은 보기보다 훨씬 일이 많았다. 다행히 김 사장은 할 일만 해놓으면 뭐든 해도 좋고, 특히 글 쓰는 것은 눈치를 보지 않아도 된다고 했다.

시골 편의점이라 새벽녘에는 손님들의 발길이 뜸해 그만큼 자투리 시간이 꽤 있다. 그 시간을 모으면 적게는 하루 두 시간에서 많게는 너덧 시간까지 유연하게 다른 일을 할 수 있다. 보통 원고를 쓰는 데 이 시간을 사용했다. 『그 녀석의 몽타주』 출간 직전 작업도 모두 편의점에서 자투리 시간을 알차게 쓴 것이다. 책이 나올 무렵부터 사이버 대학에 등록해 공부를 시작했는데, 인터넷 강의도 이때 주로 들었다. 그

밖에 인터넷 검색, SNS 등도 짬짬이 했다.

노트북은 내 것을 가져와 사용했는데 인터넷이 문제였다. 무선랜을 켜놓으면 와이파이가 여러 개 뜨긴 했다. 그러나 신호가 강하게 잡히는 두 개는 편의점 포스기와 GOT에만 사용됐다. 통신사에서 설치한 와이파이존은 한 시간 또는 하루 이용권을 구입해야 쓸 수 있었다. 처음 일할 때만 해도 스마트폰이 없었던지라 핫스팟을 사용할 수도 없었다. 앉으면 무조건적으로 원고가 잘 써지는 것이 아니어서 그럴 땐 동영상 강의를 듣는 게 좋았다. 그런데 와이파이가 잡히지 않으니 인터넷을 할 수 없었다. 원고를 쓸 때도 중간중간 국어사전이나 자료를 검색해야 될 때가 많은데, 이 역시도 쓸 수 없었다. 그렇다고 인터넷을 따로 설치할 수도 없는 상황이었다. 한동안 편의점에서는 원고 쓰기에만 집중했고, 인터넷이 필요한 부분은 집에 돌아와서 처리했다. 그러나 그것도 한계가 있었다. 집에서 잠을 자는 시간이 부족해지니 어떻게든 자투리 시간에 많은 일을 해내야 했다.

이때부터 난 와이파이를 적극적으로 찾아다니기 시작했다. 인내심을 가지고 찾고 또 찾다 보니 카운터 쪽에서 작대기 두세 개짜리 와이파이 신호가 잡혔다. 급하게 검색해야 될 상황에 약간의 인내심을 보태 사용할 수 있었다. 그러나 손님이 계산하러 올 때마다 노트북을 치워야 했고 신호가 자주 끊겨서 오래 사용할 수 없었다.

다음으로 찾은 곳은 전자레인지와 담배 매대 사이였다. 카운터 안쪽이라 공간이 협소했지만 신호가 잘 잡혔다. 하지만 이곳은 전자레인지가 가동될 때마다 와이파이가 끊겼다. 결국 한동안 사용하다가 철수를 결정했다. 카운터 뒤편의 작은 싱크대에서도 와이파이 신호를 찾았다. 손님이 올 때마다 몸을 휙휙 돌려야 했지만, 와이파이 신호가 꽤 잘 잡혔다. 각도가 틀어지면 와이파이가 끊기는 현상이 있었으나 강의를 듣는 데는 큰 무리가 없었다. 그러나 예상치 못한 사고가 발생했다. 강의에 집중하던 중 갑자기 손님이 들어와 본능적으로 벌떡 일어났는데, 노트북이 그만 바닥에 떨어졌던 것이다. 액정이 깨지지 않았지만 전원이 들어오지 않았다. 하필 과제 제출을 하루 앞두고 벌어진 일이었다. 그날 퇴근하자마자 김 사장과 함께 서비스 센터로 달려갔다. 그곳 로비에서 거의 노숙하다시피 기다리며 수리 기사를 심리적으로 압박(?)한 덕분에 며칠이 걸릴 것을 몇 시간 만에 고칠 수 있었다. (본의 아니게 다른 곳에서 진상 손님이 되고 말았다.)

호빵기 위에 노트북을 올려놨다가 손가락이 데이기도 하고, 높은 위치 때문에 고개를 밤새 빳빳이 들고 있었더니 등에 담이 들었다. 찾고 찾다가 발견한 곳은 오븐 위였다. 오븐 아래에 발효기가 있어서 높이가 약 1.5미터 정도 됐다. 그 때문에 호빵기처럼 서 있는 상태로 노트북을 사용해야 될 뻔했으나 궁여지책으로 싱크대 위에 의자를 올려놓고 앉아서 강의를 들었다. 손님이 오면 싱크대에서 번지점프 하듯 내려와서 맞이했다. 흉한 모양새를 하며 이렇게까지 와이파이를 잡아야 하나 매일같이 회의감이 들었다. 그러던 어느 날 손님이 와서 재빨리 싱크대에서 뛰어내렸는데, 착지를 잘못하는 바람에 발목을 접질렸다. 며칠 동안 다리를 절뚝거리며 다녀야 했다.

수맥을 찾듯 와이파이를 찾아서 쓴 지 2년이 넘었다. 내가 편의점 알바를 이만큼 오래 할 줄은 몰랐고, 또 이토록 집요하게 와이파이를 찾아다니며 버틸 줄은 몰랐다. 결국 부모님과 상의 끝에 와이파이 존 이용료를 내고 지금까지 사용하고 있다. (알고 보니 한 달 이용료가 하루 이용권을 세 번 사용하는 것보다 저렴했다.) 막힘없는 초고속 인터넷을 이용할 수 있어 지금도 감사하며 지낸다. 그러나 아주 가끔 서너 개짜리 와이파이가 뜨면 그걸로 접속하고픈 욕망이 솟구친다.

보이지 않는 손길들

편의점에는 보이지 않는 손길들이 많다. 점장과 알바생을 비롯해 물품을 배송하는 직원이 있고, 매장에 모든 시설을 설치하고 점검하는 직원, 들어올 물건을 업체와 계약하는 직원, 한 달에 한 번 암행어사처럼 찾아와 은밀히 점수를 매기는 모니터링 요원, 개점 예정 부지 인근 시장조사를 하는 직원, 개업 전 점장과 알바생 교육을 전담하는 직원은 물론, 개업 후 일주일간 매장의 전반적인 부분을 적극적으로 지원해주는 직원, 삼각김밥과 샌드위치 등의 신선제품을 조리하는 업체 직원, 각 매장의 불편 사항을 24시간 접수해 해결을 도와주는 '해피콜' 서비스 직원, 석 달에 한 번씩 방문하는 재고조사팀 등등 각자 다양한 역할로 편의점 운영에 도움을 준다.

이들 중 특히 편의점에 자주 등장하는 이가 있었느니 'OFCOperation

Field Counselor'다. 미국산 켄터키 치킨 패스트푸드 브랜드랑 비슷한 느낌이지만, OFC는 각 가맹점과의 관계에서 빠져선 안 될 존재다. 이들은 경영주와 함께 매장의 나아갈 방향을 고민하며 결정한다. 본사의 지침을 전달하고 반대로 경영주의 요구를 본사에 전달하는 등 업무가 꽤 다양하다. OFC는 본사 직영점 점장을 거치고 개점 지원 등의 각종 직무를 쌓은 다음에야 될 수 있는 꽤나 고급 인력이다. 편의점 알바생부터 시작한 사람이 많아서 어지간한 점장보다 경험이 풍부하다. 보통 한 사람당 10개 내외의 점포를 맡는다. 경영주에게 적극적으로 조언해 매출을 증대시키고 매장의 원활한 운영을 돕는 게 대외적 업무라고 하지만, 경영주와 알바생의 근무 능력은 물론이고 그 밖에 전반적인 부분을 감찰하는 역할도 톡톡히 한다. 대표적인 게 정산 업무다. 편의점은 매일매일 매출액을 본사로 송금해야 하는 시스템인데, 간혹 늦는 경영주가 있으면 OFC가 관리한다. '고객의 소리'에 불만이나 항의가 들어오면 편의점에 등장하는 일이 더 잦아진다. 각종 신제품 도입을 권하고 밸런타인데이, 수능, 입학식, 명절 같은 특별한 날에는 행사 물품을 적극적으로 구비하라고 지시하는데 이것 역시 OFC가 하는 일이다.

경영주와 OFC와의 관계가 좋아야 점포 매출이 오른다는 말이 있다. 간혹 둘 사이가 급격히 나빠져 싸움이 났다는 얘기도 심심찮게 들려왔다. 그럼에도 경영주가 OFC를 막 대할 수 없는 이유가 각 점포를 평가해 보고하는 권한이 있기 때문이다. 우수 경영주, 우수 파트타이머, 우수 점포 선정은 OFC의 평가가 큰 비중을 차지한다.

내가 일하는 동안 여러 명의 OFC가 거쳐 갔다. 짧게는 두어 달, 길게는 6개월 이상으로 한 점포를 담당하는 기간은 달랐다. 다만 한 OFC가 점포를 오래 살펴야 서로 신뢰가 쌓이고, 그만큼 점포 운영에 대한 면밀한 계획을 세울 수 있다. 알바생이 OFC를 직접 만나서 상대할 일은 거의 없다. 특히 밤샘 근무하는 나와 마주친 적은 손에 꼽을 정도였다. 가끔 만나도 내가 퇴근할 때거나 본사에서 지시한 행사 상품과 포스터 설치 등 간단한 작업만 하고 사라지곤 했다.

김 사장은 매출이 오르지 않는 이유가 유능하고 열정적인 OFC가 없기 때문이라고 종종 불만을 토로했다. 이래서 도저히 장사를 못 해먹겠다는 김 사장의 불만이 분노로 변할 때쯤, 육지에서 새로운 OFC가 내려왔다. 그러나 그때부터 김 사장의 얼굴색은 점점 허옇게 질리고 초췌해져 갔다. 그는 매장에 더 자주 나오지 않으려고 무지 애를 썼는데, 그 이유인즉슨 새로운 OFC가 그동안의 OFC와 달라도 너무 달랐던 탓이다. 열정과 의욕이 가득한 새로운 OFC는 김 사장에게 시시때때로 전화하고 불러내 이것저것 시도해보자고 권유했다. 이런 얘기를 전해 들을 때만 해도 나는 김 사장이 엄살을 내는 것이라고 생각했다.

그로부터 며칠 뒤, 퇴근을 한 시간 앞두고 편의점에 낯선 그림자가 등장했다. 아침이었는데도 그림자가 참으로 거대했다. 목에 명찰을 달고, 한 손에 서류가방을 든 것이 딱 봐도 OFC였다. 그는 나를 보자마자 마치 오래전부터 봐왔던 것처럼 "영민 씨!" 하고 손을 번쩍 들었다. 웃는 인상이었지만 무어라고 딱 꼬집어 설명할 수 없는 강한 기운을 풍기고 있었다. 카운터로 들어온 OFC는 자신의 노트북을 켜고 매장 전체를 샅샅이 살펴보기 시작했다. 그와 함께 있는 동안 나도 모르게 침을 꿀꺽 삼켰고 대걸레를 잡고 연신 바닥을 닦았다.

OFC가 스친 곳에는 일거리가 생기는 기적이 발생했다. 분명 나뿐만 아니라 다른 알바생들도 한 번씩 다 확인했던 곳에서 유통기한이 지났거나 손상된 제품을 귀신처럼 찾아냈다. 뿐만 아니라 그는 진열된 물건의 위치가 고르지 못하다며 물건의 위치를 바꾸는 일도 거침없었다. 무슨 일을 할 때마다 반드시 "영민 씨!" 하고 나를 불러냈다. 그는 서로 얼굴도 익히면서 겸사겸사 할 일도 후다닥 해치우면 좋지 않겠냐고 하면서 웃었다. 그 후로 우리의 만남은 생각보다 잦았다. OFC는 등장할 때마다 할 일을 가득 안겨줬다. 그러면서 항상 김 사장과 알바생들에게 "점포의 격을 높여야 합니다"라는 말을 강조했다. 그렇다고 김 사장을 통해서나 직접적으로 잘못된 점을 지적한 적은 없었다. 그런데 이상하게 OFC랑 같이 있으면, 내가 무언가 엄청나게 잘못한 것 같은 느낌이 들었다.

그는 원래 경북에 살았는데 인사 발령 때문에 혼자 제주도로 내려와 지낸다고 했다. 주말에는 종종 오름 걷기를 하거나 여기저기 다닌다지만, 가족이 곁에 없다는 허전함 때문인지 관리하는 매장을 한 곳이라도 더 둘러본다고 했다. 가끔은 그의 등장에 괜스레 다리가 떨렸다. 또 무슨 일을 벌이고, 또 얼마나 어마어마한 일을 시킬지.

김 사장을 비롯해 다른 알바생들에게 급격한 피로를 가져온 열정적인 OFC가 등장하고 얼마 지나지 않아 놀랍게도 매출이 오르기 시작했다. 김 사장과의 마찰로 잠시 주춤했던 적도 있었으나, 열심과 열정을 절대 식히지 않는 사람이 바로 OFC였다. 그는 끊임없이 무언가 새로운 일을 시도했고, 그 결과 매출도 많이 오르고 새 점포를 개점하는

성과를 거두기도 했다. 물론 난 OFC가 등장할 것만 같은 화요일과 수요일에는 새벽부터 잔뜩 긴장하고 청소라도 한 번 더 한다.

편의점이 무차별적으로 늘어나는 현상이 좋지 않은 건 잘 알고 있다. 그럼에도 사라지는 편의점보다 새로 생기는 편의점이 많고, 치열한 경쟁 속에서 수많은 편의점이 버틸 수 있는 건 이토록 보이지 않는 사람들의 손길과 땀이 있기 때문이다.

C편의점을 털어라

가끔 출근 시간이 한참 남았는데 편의점에서 전화가 걸려올 때가 있다. 김 사장과 연락이 안 될 경우 다른 알바생들은 당연히 내게 연락을 해오는데, 난 이게 제일 무섭다. 무언가 급한 일이 생겼다는 확실한 증거이기 때문이다. 퇴근 후에 걸려 오는 전화도 짜증을 유발하지만, 출근을 앞두고 쉬는 중에 연락이 오면 눈물이 왈칵 솟구친다.

출근을 두 시간 앞두고 이불 속에서 뒹굴거리는 중이었다. 잠시 졸음이 몰려오던 차에 휴대전화 벨소리가 울렸다. 발신 번호는 G편의점. 받고 싶지 않았지만 벨소리는 좀처럼 끊길 기미가 없었다. 결국 이불을 발로 뻥 걷어차며 전화를 받았다.

"저기, 오빠……."

저녁 시간에 근무하는 여대생이었다. '오빠'라고 부르는 그녀의 목소리에서 미세한 떨림이 느껴졌다. 그녀와는 평소에 대화가 거의 없었고, 서로 데면데면하던 사이였다. 근데 느닷없이 '오빠'라니. 미간에 생겼던 세 겹의 주름이 보톡스를 맞은 듯 순식간에 사라졌다.

그녀가 반쯤 울먹이는 목소리로 급하게 전화한 이유는 다름이 아니라 잔돈이 부족하다는 것이었다. 편의점에서 가장 많이 사용하는 잔돈은 100원짜리다. 500원짜리가 없더라도 100원짜리 동전은 반드시 필요했다. 그런데 그토록 중요한 이순신 장군님 동전이 딱 열 개밖에 안 남았다고 했다. 그걸로 다음 날 아침까지 버텨야 하는데, 밤을 새우기는커녕 당장 한 시간도 버틸 수 없는 절체절명의 상황이었다.

출근 시간이 남았지만, 서둘러 옷을 갈아입고 나왔다. 자전거에 올라타자마자 내 눈에 비장함이 잔뜩 서렸다. 자전거 페달을 힘껏 밟고 달렸다. 세찬 바닷바람에 콧물이 저절로 흘렀지만, 닦을 새도 없었다. 눈물과 콧물을 동시에 흘리며 도착한 곳은 바로 집 근처 C편의점이었다. (그곳 주인장은 G편의점 근처에 있는 C편의점과 같은 사람이었다.)

다행히 C편의점에는 처음 본 아줌마 알바가 있었다. 그녀는 포스기 앞에서 매뉴얼을 열심히 살펴보며 머리를 긁적이고 있었고, 손님이 들어올 때마다 연신 이마의 땀을 닦았다. 카운터 근처에서 500원짜리 껌 하나를 골랐다. 그러자 아줌마가 계속 머뭇거리며 알 수 없는 표정을 지었다. 내가 편의점 알바를 시작한 첫날의 증상과 똑같았다. 난 혼란스러운 틈을 타 재빨리 돈을 내밀었다.

"2만 원이에요. 모두 100원짜리로 바꿔주세요."

아줌마는 순간 멈칫하며 내 눈을 살펴봤다. 난 허연 치아를 드러내며 눈웃음을 지어 보였다. 때마침 포스기의 돈 통이 열렸는데, 100원짜리 동전 묶음이 네 개가 있었다. 나는 냉큼 저것부터 달라고 하며 2만 원을 더 깊숙이 내밀면서 바쁘니까 얼른 계산해달라고 재촉했다. 아줌마는 허둥대며 결국 내가 원하는 만큼의 동전을 내줬다. "우리도 부족한데……." 하는 혼잣말이 들렸지만, 못 들은 척하며 후다닥 뛰쳐나왔다.

다시 눈물과 콧물을 마음껏 흘리며 G편의점으로 페달을 밟았다. 마침 한 손님을 보낸 여대생 알바가 나를 보자 반갑게 소리치듯 불렀다. 난 곧장 카운터 안쪽으로 들어갔다. 포스기에는 100원짜리 동전이 달랑 두 개밖에 없었다. 곧장 점퍼 주머니에 고이고이 모셔둔 2만 원어치의 동전 묶음을 꺼내 돈 통에 풀었고, 흘러내리는 콧물을 연신 훌쩍이며 매장 안을 웃음소리로 가득 채웠다. 김 사장에게선 그제야 연락이 왔다. 난 그저 가래가 가득한 목청으로 괴기스럽게 웃기만 했다.

그날 밤새 현금으로 계산한 손님이 많았다. 넉넉하게 확보했다고 생각했던 100원짜리 동전도 퇴근 전에는 위험 단계까지 갔다. 이른 아침, 김 사장이 눈곱도 떼지 않고 등장했으나 그 역시도 동전을 챙겨 오지 못했다. 분명 며칠 전에 집에 뒀는데 사라졌다는, 당장 쓸모없는 얘기만 남기곤 지폐를 건네줬다. 결국 내가 퇴근 전에 근처 새마을금고, 신협, 농협, 수협, 우체국 등 금융기관을 휩쓸고 다니면서 동전을 찾아다녔다. 누런 종이봉투에 묵직한 100원짜리를 담아서 G편의점으로 돌아가던 중 C편의점 주인장과 마주쳤다. 아줌마의 눈빛이 예사롭지 않았다. 레이저 광선이 나와도 전혀 이상하지 않을 만큼 나를 매섭게 째려보고 있었다. 아줌마는 경련이 일어난 듯 인중이 떨리고 있었고, 웃는 듯하면서 송곳니를 살짝 드러냈다. 내 손에 들린 누런 봉투를 보더니 눈이 시뻘겋게 달아오르기도 했다. 무언가 말하려는 눈치가 보여 재빨리 도망치듯 G편의점으로 돌아왔다. 그 뒤로 다시는 C편의점을 털 일이 없을 것 같았지만, 그건 나의 큰 착각일 뿐이었다.

명절 당일, 내 앞 시간 대타 알바생이 소리 소문도 없이 나타나지 않았다. 그것도 알바비를 선불로 미리 받고 말이다. 김 사장은 항상 그래

SHOW ME THE COIN

왔듯 여기저기 전화를 다 해봤는데, 역시 나밖에 없다는 변명을 궁색하게 늘어놓았다. 황급히 도착한 편의점은 가히 난전이었다. 하얀색 타일로 된 바닥은 온통 시커먼 발자국으로 가득했는데, 발자국이 화석처럼 딱딱하게 굳어가고 있었다. 물건은 제자리를 떠나 정처 없이 널브러진 상태였다. 잠깐 대타로 나온 녀석은 그저 스마트폰 게임에 열중하며 누가 들어온 것도 모르는 눈치였다. 내가 손바닥으로 카운터를 사정없이 내리치니 그제야 벌떡 일어났다. 녀석은 서둘러 옷을 챙겨 입고 "아, 100원짜리 몇 개 없어요" 이 한마디를 남기고 황급히 사라졌다. 녀석의 말처럼 포스기에는 100원짜리 동전이 열 개밖에 남아 있지 않았다. 내 지갑과 주머니를 뒤져서 나온 동전은 고작 다섯 개. 카드 결제가 많아서 아슬아슬하게 버텼으나 두 명의 현금 결제 손님을 받은 뒤에는 더 이상 버틸 수 없는 상황에 놓였다.

난 과감히 편의점 문을 닫고 창고에 숨겨진 후문을 통해 밖으로 나왔다. 점퍼 모자를 푹 뒤집어쓰고 손에 지폐를 꽉 쥔 채 어둠 속을 빠르게 걸어갔다. 그렇게 도착한 곳은 C편의점. 주인장이 있으면 시도조차 못했겠지만, 다행히 처음 본 여자 알바생이 있었다. 최대한 자연스럽게 껌 한 통을 샀고, 만 원짜리 지폐를 내밀며 잔돈은 모두 100원짜리로 달라고 부탁했다. 얼핏 보니 포스기에 동전이 충분히 있었다.

"우리도 필요해서 안 돼요."

돌아온 대답은 냉혹했다. 고스톱 때문이라고 설명해도 전혀 먹혀들지 않았다. 20대 초반의 긴 생머리, 눈은 작으나 전체적인 용모가 청순하게 생긴 여자 알바는 만만치 않은 깍쟁이였다. 집요한 설득 끝에 겨우 2천 원어치만 동전으로 바꿀 수 있었다. 그걸로는 턱없이 부족했지만 편의점을 오래 비울 수 없어서 일단 철수하기로 했다.

서너 명의 현금 결제 손님을 치르자 동전이 바닥났다. 김 사장은 여전히 연락이 되지 않았다. 결국 동네 동생들을 호출했고, 마침 맥주와 안주를 사러 들른 형님들에게 긴급 구호를 요청했다.

"헐 수 이신 만큼 하영 바꿔와신디 확인해보라게(할 수 있는 만큼 많이 바꿔왔는데 확인해봐)."

그들은 5분 간격으로 C편의점에 출격했고, 껌이나 츄파춥스를 사서 동전을 바꿀 수 있을 만큼 가져왔다. 티끌 모아 태산으로 그날 밤을 겨우 버틸 수 있었다.

다음 날 아침, 퇴근을 앞두고 등장한 손님을 보자 식은땀이 흘렀다. 뛰어난 방어력을 보여준 C편의점 여자 알바생이었다. 교통카드를 충전해달라고 했는데, 난 최대한 그녀의 시선을 회피했다. 광대뼈 세포 하나하나에 설명할 수 없는 따가운 시선이 느껴졌다. 그녀는 한동안 내가 퇴근할 시간에 맞춰 교통카드를 충전하러 왔다. 더불어 C편의점 주인장 아주머니도 아침이면 내가 일하는 편의점에 귀신처럼 등장해 나와 눈을 마주치고 유유히 사라졌다.

말일은 '말'처럼 활기차고 싶지만

편의점 알바 생활이 3개월을 넘어가자 사소한 버릇이 생겼다. 일하면서 수시로 시계를 쳐다보고 출퇴근할 때 반드시 달력을 확인한다는 것. 시간을 확인하는 건 시간대마다 할 일이 있기 때문이다. 출근과 동시에 시재를 점검하고 청소와 손빨래를 한다. 밤 11시부터는 담배 재고를 세는데, 자정이 넘으면 아침에 들어올 담배까지 전산에 표시돼 실제 수량을 제대로 파악하기 어렵기 때문이다. 자정이 되기 10분 전에는 폐기될 음식을 확인하고 야식을 먹는다. 그리고 새벽 4시부터 청소를 시작해 아침을 맞이한다. 반드시 순서를 정해야 하는 건 아니지만, 각 시간대마다 할 일을 정해놓아야 효율적이다.

이런 효율적인 시간 분배를 한 방에 무너뜨리는 날이 있었으니, 바로 매달 말일이다. 말일은 단지 그달의 마지막 날이자 새로운 첫날일

뿐만 아니라, 본사에서 지시한 새로운 작업을 해야 하는 날이다. 대표적인 업무로는 행사용 프라이스 카드 교체가 있다. 일반적인 프라이스 카드는 가격표 기능에 충실하지만, 행사용 프라이스 카드는 '2+1', '1+1', '덤 증정', '30% 할인' 같은 안내 역할을 한다. 사나흘이나 일주일 정도로 짧게 사용하는 것도 있지만, 정기적인 행사로 사용하는 것들은 보통 한 달 단위다(간혹 두 달 간격 행사도 있다). 첫날 00:00에 딱 맞춰 포스기에 입력된 가격 정보가 바뀌니, 기존의 행사용 프라이스 카드를 교체하는 건 당연한 일이었다. 이때 손님들의 혼란을 최소화하기 위해 00:00 앞뒤로 간격이 짧도록 빠른 작업이 필요하다.

보기에는 단순한 카드 교체 작업처럼 보이지만, 교체할 카드 수가 수백 장이었다. 그마저도 매장에 없는 제품의 카드는 따로 분리해야 한다. 과자, 주류, 음료 등 종류별로 분류돼 있으면 좋겠으나 그렇지도 않았다. 음료 카드가 나오면 생활용품 카드가 나오고, 또 갑자기 주류 카드가 나왔다 싶으면 초콜릿 카드가 나오는 등, 가나다순도 아니고 진열순도 아닌 막 섞은 카드였다.

카드를 꽂으려면 매장 이곳저곳을 홍길동처럼 동에 번쩍 서에 번쩍 정신없이 날아다녀야 한다. 카드를 부착하기 전에 우선 종류별로 나누는데, 이것만도 만만치 않은 시간이 걸린다. 프라이스 카드 속 제품 사진과 실제 제품의 이미지가 달라서(제품의 디자인이 바뀌었으나 카드 속 사진은 그대로인 탓) 제품명만 보고 헷갈리는 일도 비일비재하다. 카드 교체 작업을 하다 보면 새벽 2시가 훌쩍 넘어간다.

프라이스 카드 교체 후에는 제품의 위치를 변경한다. '2+1', '1+1', 신

제품 등 주력 제품을 가장 잘 보이는 곳에 진열해 놓는다. 완벽하진 않더라도 최대한 지켜야 할 기준에 맞췄다. 보통 스낵류가 많고 라면이나 생활용품도 적지 않다. 진열 순서를 바꾸느라 또 한두 시간이 금방 지나간다. 그 뒤엔 각종 행사 안내 포스터를 붙인다. 출입문 유리에 상시 행사, 정기 행사, 깜짝 행사 등을 알리는 포스터를 매장 내부를 가리지 않으면서도 손님들 눈에 잘 띄게 붙여야 한다.

말일 업무 중 가장 피곤한 건 바로 현수막 작업이다. 편의점 출입문 바로 위에 가로로 된 현수막이 있는데, 특별한 행사가 없는 한 매달 바꿔줘야 한다. 현수막을 달 수 있는 특별한 기구는 따로 없다. 의자 하나와 큰 것도 작은 것도 아닌 나의 키, 손끝의 미세한 감각만이 필요하다. 특히 내가 일하는 매장 앞에는 협소한 계단이 있는데, 그 계단 끄트머리에 아슬아슬하게 의자를 놓고 기존의 현수막을 걷어야 했다. 현수막 설치대가 겨우겨우 손끝에 닿아서 만만치 않았다. 게다가 현수막 끝에 있는 걸려 있는 끈을 풀어야 하는데, 중심을 잡기가 쉽지 않았고 한 달 내내 그 자리를 지켰던 끈은 쉽사리 풀리지 않았다.

기존에 걸려 있던 현수막을 풀어내면 새로운 현수막 설치라는 더 큰 문제가 남았다. 끈을 빼는 것 이상으로 끼우는 건 더 쉽지 않았다.

현수막과 설치대의 크기를 정확히 맞춘 뒤 현수막을 팽팽하게 끌어당겨 끈을 끼워야 했다. 다리 한쪽을 들고 살짝 오른쪽으로 기운 상태에서 중심을 잡으며 팔을 뻗는 건 유연성과 상관없이 살아온 내게 요가 동작이나 다름없었다. 현수막 작업 뒤에는 등에 담이 들어 며칠 동안 허리를 제대로 못 펴고 지냈다. 이때 김 사장은 뿌리는 파스로 산업재해 보상을 대신했다.

말일에 편의점 알바생이 해야 할 일은 자질구레하게 많다. 근무가 끝나고 집에 돌아오면 피로가 온몸 구석구석 침투해 밥도 먹는 둥 마는 둥 하며 곧장 잠이 들었다. 내가 달력을 자주 보는 건 말일이 내가 근무하는 평일이 아닌 주말이길 바라기 때문이다. 그렇다고 주말 알바생이 딱히 말일의 막중한 임무를 해놓는 것도 아니었다. 어차피 월요일이 되면 그 말일 근무까지 내가 해야 될 때가 많지만, 아주 조금은 주말 알바나 김 사장이 대신해주길 바라는 마음이 있다.

이 글을 쓰는 이번 달 말일은 다행히 주말이다. 그러나 주말 후폭풍까지 겹쳐서 더 막대한 일이 돌아올 생각을 하니, 괜히 식은땀이 나고 콧물이 흐른다.

점점 너 멀어지나 봐

"시재 맞아요?"

"시재 맞아!"

교대 시간에 편의점 알바생들끼리 나누는 마지막 인사다. 큰 문제가 없다면 내일 보자고 서로 미소를 지어줄 수 있는 약간의 여유가 생긴다. 편의점 알바생의 일과는 시재 점검으로 시작해 시재 점검으로 마친다. 시재 점검은 말 그대로 포스기에 있는 5만 원짜리 지폐부터 10원짜리 동전까지 모든 돈을 손수 세는 작업이다. 동전과 지폐의 개수를 입력하면 '시재 점검표'라는 영수증이 나오는데, 그중 진한 글씨로 '차이'라고 쓰인 부분에 '0'이 나와야 정상이다. 거스름돈을 잘못 주기라도 하면 차이는 마이너스가 되는데, 그걸 채우는 건 알바생의 몫이다.

알바를 하면서 가장 신경이 많이 쓰인 게 시재 점검이었다. 지폐는 두 번씩 세고, 동전은 하나하나 정확히 셌다. 한동안 시재 점검에서는 별다른 문제가 없었다. 보통 퇴근 한 시간 전에 시재 점검을 해놓는데 한 번도 틀린 적이 없었다. (어떤 매장은 근무 교대할 때 시재 점검을 한다.)

그러던 어느 날 출근과 동시에 앞 시간 알바생이 급한 일이 있다며 재빨리 퇴근했다. 퇴근 전에 시재 점검을 하지 않았는데, "틀릴 리는 절대 없을 거야. 걱정 마!" 하며 내 어깨를 툭 치고 사라졌다. 시재 점검을 한두 번 해본 것도 아니라서 당연히 맞겠지, 라고 생각했다. 그러나 퇴근 전 시재 점검을 하다가 누군가 삼단 옆차기로 뒤통수를 내리친 듯 머리가 띵해지고 시야가 갑작스럽게 흐려졌다. 다리 힘이 긴급 이탈을 선언해 나도 모르게 쓰러지듯 주저앉았다.

시재 점검 결과, 만 원짜리 한 장이 실종됐다. 포스기와 금고를 수차례 확인해봐도 사라진 만 원은 어떤 흔적도 남기지 않았다. 아무리 기억을 더듬어봐도 그날만큼은 계산하면서 허둥지둥한 적이 한 번도 없었다. 손님이 얼마 없었고 신용카드 결제가 압도적으로 많아 현금 결제는 손에 꼽을 정도였다. CCTV를 돌려봐도 내가 돈을 더 준 건 없었다. 분명 전 근무자가 실수했을 것 같은 강력한 심증이 있었으나 CCTV를 살펴본 결과, 저녁 시간 땐 손님이 너무 많아서 도저히 어디가 문제인지 찾을 수가 없었다. (게다가 CCTV가 아주 저화질이라 움직임을 잘 잡아내지 못했다.) 결국 그날은 내 지갑에 유일하게 남아 있던 만 원을 포스기로 긴급 이주시켰다. 만 원이면 편의점 알바생이 두 시간을 일해야 받을 수 있는 돈이다. 퇴근 뒤 밥도 거의 먹지 않고 잠이 들었는데, 부모님의 증언에 따르면 자는 동안 잠꼬대로 알 수 없는 괴성을 내지르고 끙끙 앓았다고 했다.

김 사장에게 이 사실을 말했더니 어차피 자기 근무시간에 생긴 일은 스스로 책임지는 게 맞으나, 이번만큼은 특별히 봐줄 테니 채워 넣은 돈은 도로 가져가라고 했다. 순간 난 멈칫했지만 결국 김 사장이 준 돈을 거부했다. 사실 내가 어제 채워둔 만 원은 쉬는 날 제주 동문시장에 나가서 빙떡을 사 먹으려고 따로 아껴둔 것이었다. 그러나 이처럼 설렁설렁 넘어가버리면 또다시 같은 일이 반복될 것 같은 불안감이 엄습했다. 눈물을 애써 억누르며 다음 날부터는 출근과 동시에 무조건 시재 점검을 실시했다. 몇백 원의 차이가 있으면 영수증에 따로 표시해뒀는데, 출근과 동시에 마이너스가 된 시재 점검 영수증을 발행할 때가 점점 많아졌다. 실종된 만 원이 최소한 나 때문이 아니라는 심증이 점점 더 굳어져갔다.

"내가 계산을 잘 해신디."

앞 시간 알바생은 부족한 시재를 몇 차례 스스로 채운 뒤에야 실수를 줄여나갔다. 그로부터 얼마 뒤 시재 점검에는 평화가 찾아왔다. 이 평화가 쭉 이어지길 출근길에 기도처럼 하늘에 되뇌곤 했다.

하루는 진상 1호와 일곱 시간이 넘도록 지독한 승강이를 벌였다. 경찰에게 끌려간 뒤에도 다시 편의점에 와서 온갖 추태를 부리는 그 때문에 그날 일과는 붕괴 수준에 이르렀다. 내 의도와 상관없이 머리가 멍해져서 손님을 치르는 둥 마는 둥 했는데, 그것이 화근이었다. 시재 점검 결과 2만 원이 비어 있었다. 포스기와 금고를 아무리 뒤져봐도 소리 소문 없이 사라진 돈은 흔적조차 없었다. CCTV와 전산 계산 기록에서도 이상한 점을 찾아낼 수 없었다. 진상 1호가 있었을 때 두어 사람이 현금으로 물건을 많이 사갔는데, 아무래도 거기서 문제가 생겼다고 추측할 뿐이었다.

결국 내 지갑에 있는 돈이 뜻하지 않은 이주를 또 겪고야 말았다. 그날 퇴근 뒤 내 잠꼬대가 더 격렬해졌다는 아버지의 증언을 들었다. 이후 며칠간 짬이 날 때마다 편의점 이곳저곳을 뒤적거렸고, CCTV도 정밀하게 살펴봤다. 그럼에도 실종된 2만 원의 행방은 오리무중이었다.

결국 출퇴근할 때는 물론이고 수시로 시재 점검을 하는 습관만 남긴 채 2만 원 실종 사건은 미제로 남겨두었다.

사라진 2만 원에 대한 쓰나미급 충격이 희미해질 즈음 포스기에 문제가 생겼다. 계산이 완료되면 당연히 포스기 돈 통이 탁 하고 튀어나와야 하는데, 아무리 버튼을 눌러도 정상적으로 작동하지 않았다. 열쇠를 넣고 수동으로 돌리면 나오긴 하는데, 그마저도 꽉 끼어서 잘 나오지도 않고 도로 넣기도 힘겨웠다. 짜증 게이지가 한계치까지 올라 온 힘을 다해 돈 통을 포스기에서 강제로 빼냈다. 돈 통 아래에 작은 바퀴가 있는데, 그것이 무슨 이유에서인지 동강이 나 있었다. 돈 통은 제자리로 돌아가기를 완강히 거부했다. 어떻게든 다시 넣어보려고 낑낑거리다가 포스기 속을 우연히 살펴봤다. 속이 아주 어두웠는데 정체불명의 물체가 꼬깃꼬깃하게 접혀 있었다. 그 속에 손을 집어넣은 순간, 난 마른침을 꼴깍 삼켰다. 코 풀다가 버린 휴지처럼 뭉쳐 있었지만 내 눈을 바라보는 세종대왕의 인자한 눈만큼은 빳빳했다. 나도 모르게 '만세'가 입에서 튀어나오려던 순간, 곁에 있던 알바 형이 "어, 내가 잃어버린 돈이네!" 하며 자연스럽게 내 손에 들려 있던 돈을 가져갔다. 너무 순식간이라서 어떤 말도 나오지 않았다. 난 빠르게 고개를 돌려

형의 얼굴을 쳐다봤다.

“진짜 형이 잃어버린 거 맞아요?”

형은 아주 태연한 얼굴로 고개를 끄덕였다. 며칠 전 지폐가 너무 쌓여서 돈 통 뒤로 몇 장이 밀려났는데, 그게 딱 2만 원이었을 거라고 했다. 나 덕분에 다시 찾게 되어 ‘말로만’ 고맙다고 했다. 내가 일할 때 잃어버린 그것이 확실한 듯했으나 시간이 너무 지나서 증명할 방법이 없었다. 지폐의 구김 정도와 수북한 먼지의 양을 보아 절대 며칠 정도만 된 건 아닌 듯했다. 그럼에도 확실한 증거가 없어서 더 이상 어떤 말도 꺼낼 수가 없었다. 난 구겨진 만 원짜리 두 장이 형의 지갑 속으로 들어가는 모습을 그저 바라볼 뿐 다가설 수 없었다. 그날 계산하면서 만 원짜리 지폐를 주고받을 때마다 내 손이 떨리고 있었다. 카운터에 반쯤 멍하니 앉아 있는데, 뜬금없이 눈시울이 뜨거워지고 목이 메였다. 손님이 와도 인사조차 할 수 없었다. 새벽 사이 일기 예보에 없었던 비가 거세게 내린 뒤에 그쳤다.

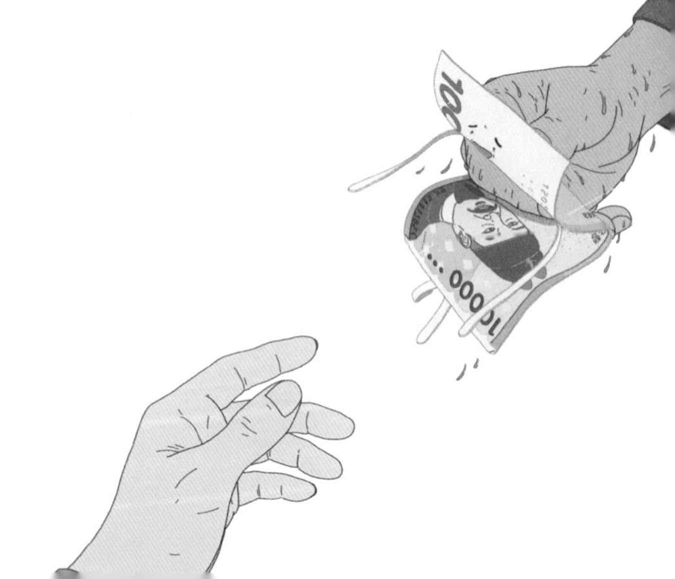

사과는 먹으라고만 있는 게 아닙니다

퇴근 뒤 집에 돌아와 막 잠에 들려는데 휴대전화 벨소리가 울렸다. G편의점에서 근무 중인 띠동갑 누님의 전화였다.

"혹시 새벽에 손님이 두고 간 지갑 못 봤니?"

편의점에 자기 물건을 두고 가는 손님이 종종 있다. 그럴 땐 청소하면서 따로 보관해두고 다음 근무자에게 전달한 뒤 퇴근한다. 그날은 물건을 두고 간 손님이 없었는데……. 전화를 끊었으나 이상하게 영 잠이 오지 않았다. 쉽게 잠들지 못하고 계속 뒤척이고 있는데 또다시 전화가 왔다.

"정말 지갑 본 적 없어?"

아까와 같은 질문인데 뭔가 더 강조되고 말투 자체가 내게 참으로 묘하게 들려왔다. 막 대답하려는데 전화기 너머로 흥분한 여자 목소리가 들렸다.

"분명히 알바생이 그랬다니까!"

반쯤 졸린 상태였지만 확신에 가득 찬 여자의 말이 선명하게 내 귓속으로 스며들었다. 나는 이불을 박차고 벌떡 일어나서 당장 편의점으로 출동하겠다고 했다. 띠동갑 누님은 일단 기다려보라고 했다. 누님에게 손님의 인상착의를 물어보니 누런 작업복에 검은 모자, 앞창이 떨어진 안전화를 신은 손님이라고 했다. 그는 온몸에 진한 알코올 냄새를 풍기며 새벽에 종종 편의점에 오던 동네 사람이었다. 컵라면과 삼각김밥을 자주 사 먹었는데, 컵라면에 물 붓는 것과 삼각김밥 뜯는 것 등 이것저것 시키던 일이 많아서 특별히 기억에 남는 손님이었다. 그날 그는 지갑에서 꺼낸 돈으로 담배 한 갑을 사갔다. 우선 띠동갑 누님에게 CCTV와 포스기 계산 내역을 대조해보라고 말한 뒤에 전화를 끊었다. 졸음이 밀려왔으나 계속 전화기를 살펴봤다. 30분쯤 지났을 때 카카오톡 메시지가 날아왔다.

'잘 해결됐으니까, 걱정하지 말고 편히 자.'

나는 30분 단위로 자다 깨다를 반복했고, 결국 피로에 찌들어 좀비처럼 흐느적거리며 편의점에 출근했다. 전화기 너머로 들렸던 목소리의 주인공은 새벽에 온 그 손님의 누나였다. 띠동갑 누님은 내게 그냥 빨리 훌훌 털어버리라고 말한 뒤 퇴근했다. 나도 그러고 싶었으나 마음이 영 따르지 않았다. 도대체 왜 나를 용의자로 지목했을까. 전화기 너머로 들렸던 그 여자의 앙칼진 목소리가 계속 머릿속에 맴돌았다.

다음 날 아침, 띠동갑 누님과 교대하면서 전날 사정을 상세하게 들을 수 있었다. 술에 잔뜩 취한 그 손님이 편의점에서 이것저것을 사서 곧장 집으로 향하던 중 지갑을 잃어버렸고, 그의 가족들이 집에서 편의점까지 가는 길목을 샅샅이 뒤졌으나 결국 찾아내지 못했다고 한다. 당연히 편의점에 뒀다고 생각하고 찾아간 편의점에 지갑이 없으니 알바생이 무조건 슬쩍했으리라고 확신했다는 것이다. CCTV로 최소한 내가 범인이 아니란 게 증명됐는데도 사과는 한마디도 없었다고 했다. 띠동갑 누님이 아무리 그래도 사람을 무조건 의심하는 건 아니라고 했다는데, 정작 그쪽 반응은 "그럴 수도 있지"였다고 했다.

그 손님은 그 후로도 여느 때처럼 숙취 해소를 위한 컵라면과 삼각김밥을 먹으러 오거나 담배를 사러 왔을 뿐이었다. 난 최대한 아무렇지 않은 척 그에게 미소로 일관하며 "감사합니다" 하고 인사했는데, 나도 모르게 계속 입술을 깨물고 있었다.

이런 비슷한 일은 한두 번이 아니었다. 한 손님은 분명 자신이 돈을 더 줬는데 내가 확인을 제대로 안 했다며 내게 고성과 욕설을 퍼부었다. 매장엔 다른 손님들도 여럿 있었다. 얼굴이 뜨거워지는 걸 겨우 참아내며 다른 손님들을 얼른 보낸 뒤, 그 손님과 함께 CCTV를 대조했다. 결과적으로 내겐 아무런 실수가 없었다. 손님이 스스로 잘못 알아들은, 딱 그뿐.

"오늘 일진이 더럽게 사납구먼!"

그는 더 줘야 할 돈을 카운터 바닥에 툭 던지듯 내려놓고는 황급히 사라졌다. 그 뒤로도 종종 찾아와서 뭔가 꼬투리를 잡으려고 애쓰는 모습이 보였다. 그 손님에게 "미안하다"는 한마디를 듣는 일이 내겐 너무 과도한 사치였을까? 바닥에 음료수를 쏟거나 물건을 흐트러뜨리는 등 갖가지 일을 저지르고 사과하지 않는 손님들이 참 많다. 알바생이라는 이유 하나로 그러려니 넘어가야 하는 일이었다. 이런 현실에 처음에는 분노했지만 이제는 슬슬 헛웃음만 한번 내뱉는다.

손님들이 보기에 아무리 하찮은 일을 하는 편의점 알바생이라고 해도 누군가에겐 소중한 아들이고 딸이고, 형이고 오빠고, 친구인 사람이다. 낮은 자세로 손님들을 맞이한다고 해서 함부로 대할 권리는 누구에게도 없다. 알바생이 돈 한 푼에 영혼까지 파는 사람으로 보인다면, 자신은 도대체 어떤 삶을 살고 있는지 스스로 돌아보길 바란다. 원래 사람은 자기가 보이는 만큼만 보는 법이니까.

몸이 고단하면 하룻밤만 푹 쉬면 금세 회복할 수 있다. 그러나 마음을 다치면 치유까지 얼마나 걸릴지…… 아무도 장담할 수 없는 일이다.

자네는 16번이라네

고물 자전거 영업을 성공적으로 마친 화가 아저씨는 한동안 그림 영업에 매진했다. 그러다 어느 날부터 공책을 들고 다니기 시작했는데, 어깨에 잔뜩 힘을 주고 편의점 테이블을 떡하니 차지하고 앉아 고시생처럼 초집중해 무언가를 끼적거렸다. 그는 며칠에 걸쳐 공책 한 권을 꽉 채우더니 한껏 호탕하게 웃으며 500원짜리 컵라면과 사과 맛 팩 음료 두 개를 가져왔다.

"일단 먹으면서 얘기하세나."

뜨거운 물을 부은 컵라면을 하나 들고 그의 앞에 마주 앉았다. 잠시 서로 아무런 말이 없었다. 배고픔에 빠진 어린양을 구원하기 위해 나타난 신성한 컵라면 앞에서 갑자기 경건한 마음이 들었던 걸까. 라면이 다 익고 나무젓가락이 국물 속으로 들어갔을 때에야 그는 입을 열었다.

"이것 좀 보게."

공책에는 4분의 3 이상이 숫자로 꽉 채워져 있었다. 피보나치수열이라고도 할 수 없고, 원주율을 무한정으로 써놓은 것도 아니었다. 다만 1과 45 사이의 숫자를 여섯 개씩 묶어둔 형식이었다. 숫자 주변에는 뱀, 사람, 길, 할머니, 하늘, 떡, 술, 악수 등 숫자와 전혀 연관성이 없는 단어들이 적혀 있었다.

"이건 꿈에서 본 형상을 숫자로 바꾼 것이라네."

무슨 말인지 이해할 수 없었다. 왜 뜬금없이 꿈에서 본 형상을 숫자로 바꾼단 말인가. 해몽이냐고 묻자 그것보다 더 귀중한 것이라고 했다. 그럼 대체 무엇이냐고 다시 물으니 그가 주머니에서 얇은 종이 한 장을 꺼내 들었다. 영수증처럼 생겼는데 가만 보니 여섯 개의 숫자가 가로로 나란히 배열돼 있었고, 그 아래로 세 줄이 더 있었다.

"맞네. 그걸세."

그렇다. 토요일 저녁이 되면 수백만 사람의 애간장을 들었다 놨다 하고, 당첨만 된다면 인생 역전한다는 바로 그것. 로또였다. 그가 꺼낸 로또는 한두 장이 아니었다. 그동안 당첨된 것은 물론 당첨이 될 뻔했으나 줄이 맞지 않은 것까지 수십 장이 쏟아져 나왔다. 번호는 잘 맞추는데 줄을 못 세워서 1등의 문턱에서 좌절한다는 그였다. 실제로 당첨된 것 중 가장 높은 등수가 3등이었다. 3등과 4등, 5등이 함께 당첨된 것도 있었다. 이 모든 것이 꿈에서 나온 형상을 숫자로 해석한 결과라고 했다. 당첨될 뻔했던 것까지 증거로 가지고 있으니 그 나름대로 꽤나 신빙성이 있어 보이긴 했다.

화가 아저씨는 노트에 적힌 숫자 중 반드시 1등 번호가 있을 것이라고 확신했다. 1등이 되면 절반은 주변에 어렵게 사는 사람들을 도와주겠다며 가슴에 손을 얹었다. 그중 한 사람이 바로 나인데, 앞으로 활발한 집필로 대작이 나오길 바라는 마음으로 자그마한 땅을 사서 집필실 한 채를 지어준다고 했다. 반드시 자동이 아닌 수동 방식으로 1등에 당첨돼 로또 성공 수기를 책으로 쓰겠다고 했다. 자신은 그림만 그려왔던지라 글재주가 부족하니 대필은 내가 해달라는 명령에 가까운 부탁을 했다. 일단 알았다고 했는데, 그가 역시 크게 될 사람은 뭘 좀 알아본다며 누르끄름한 이를 드러내며 웃었다.

"자넨 크게 될 사람이니까, 특별히 나의 비법을 알려주겠네!"

"선생님, 전 괜찮은데……."

"그래도 자넨 크게 될 거니까 알아야 한대도!"

화가 아저씨는 계속 내게 로또 비법을 알려주려고 했다. 난 열심히 일하지 않고 번 일확천금은 싫다고 딱 잘라 거절했지만, 그는 언제 필요할지 모르니 무조건 들어보라고 했다.

그의 말에 따르면 각각의 숫자에 맞는 상징물이 있다고 했다. 예를 들어 사람은 1번, 동물은 4번인 식이었다. 사람도 모두 1번이 되는 건 아니고, 직업에 따라 6번이 되기도 하고 45번이 된다고 했다. 마침 그의 꿈에 내가 등장했는데, 난 소설가니까 16번이라고 했다. 특별한 공식이 있냐고 물으니까 그냥 그렇게만 알고 있으면 된다며 무조건적인 믿음을 강조했다. 화가 아저씨는 세뇌에 가깝게 열성적으로 강의를 했지만, 사실 지금 내 머릿속에 남은 숫자는 하나도 없다. 10년이 넘도록 로또 연구에 전념한 그조차도 종종 번호가 헷갈린다던데, 내가 제대로 학습이 됐을 리가 없다. 로또 강의를 들은 날에는 눈 밑이 다크서클로 더 짙게 물들었다.

“자네, 어서 가불을 받아놓게나.”

“네? 무슨 일로요?”

“오늘 금요일이지 않나.”

금요일 새벽이면 그와 주고받는

대화다. 1등에 당첨되면 당장 돈이 없으니 내가 가불 받은 돈으로 비행기 티켓을 끊고, 같이 서울로 올라가자고 했다. 아무래도 혼자는 불안하고 믿을 만한 사람은 앞으로 크게 될 나뿐이라고 했다. 농담이라고 하기에 그의 눈빛이 날카로웠고, 잔뜩 힘이 들어간 목소리에는 진심이 가득했다. 난 그저 말없이 고개를 끄덕일 뿐, 안타깝게도 아직 화가 아저씨와 비행기를 타기 위해 가불 받은 적은 없다. 그저 다람쥐 쳇바퀴 굴리듯 금요일이 되면 꼭 돌아오는 월요일에 비행기를 타자는 무의미한 약속만이 되풀이됐을 뿐이다.

난 원래 로또나 복권에 전혀 관심이 없다. 그러나 화가 아저씨의 로또 강의 이후에 어쩌다가 로또 방송을 보게 되면 뒷목이 뻐근해지면서 리모컨을 던지는 몹쓸 버릇만 생겼다. 가끔 방송이나 신문에 '누구누구 소설가'라는 소개가 나오면 "16번이네" 하고 나도 모르게 중얼거린다. 방송 채널의 16번이나 책의 16쪽이 나오면 내용을 막론하고 넘겨버릴 때도 있다. 도대체 소설가와 16번은 무엇이 연결고리인가?

괜찮아,
해치지는
않아.

개님 안녕? 고양이님도 안녕!

편의점에는 사람 말고도 가끔 찾아오는 손님들이 있다. (물론 사람의 탈을 쓰고 심리적으로 견공이 되는 분은 종종 있지만, 일단 생물학적으로 인간 게놈 유전자를 지닌 건 맞으니 그분들까지는 사람으로 인정하겠다.) 하루는 평소보다 삼각김밥이 많아 그냥 버리기는 아까워서 다 먹었다. 입에 당기는 대로 먹다 보니 배에 가스가 가득해져 매장을 하릴없이 돌면서 조용히 소화를 시키던 중이었다. 그때 편의점 문밖에서 진돗개 비스름하게 생긴 똥개 한 마리가 서성거렸다. 누런 털이 시커먼 때로 가득한 그 개는 코로 바닥을 킁킁거리더니 손님이 먹다가 뱉은 핫바 찌꺼기를 날름 주워 먹었다. 마침 싱크대 위에는 유통기한이 갓 지난 삼각김밥이 몇 개 있었다. 그중 두 개를 전자레인지로 따뜻하게 데워서 밖으로 나갔다. 녀석은 흠칫 놀라는 눈치더니 저 멀리 후다닥 달음질

했다. 나는 포장지를 뜯은 삼각김밥을 바닥에 두고 편의점 안으로 다시 들어왔다. 잠시 뒤 녀석이 바닥에 코를 바짝 붙이고 조심스럽게 나타나 내가 내려놓은 삼각김밥을 한참 살피다가 한입에 덥석 물었다. 뜨거웠던 듯 다시 뱉어내더니 혀로 삼각김밥을 몇 번씩이나 핥으며 먹었다. 녀석은 배를 채운 뒤 내게 슬쩍 눈짓하곤 유유히 사라졌다.

그 개가 다시 등장한 건 며칠이 지나서였다. 그날도 폐기한 삼각김밥을 밖에 내놓았는데, 이번에는 내가 근처에 있는데도 다가와서 삼각김밥을 덥석 물었다. 그 후로 녀석은 가끔씩 나타나서 조용히 삼각김밥을 먹고 사라졌다. 나중에는 내가 머리를 쓰다듬어도 놀라지 않고 몸을 피하지도 않았다. 먹을 건 언제든 있으니 또 오라고 말하자 정말 알아들은 듯 내 눈을 한참 바라보더니 고개를 한 번 끄덕이곤 어둠 속으로 조용히 사라졌다. 다른 개들도 종종 찾아왔다. 주로 팔다 남은 삼각김밥을 줬지만 빵이나 쿠키, 과자 등등 먹을 만한 것을 간간이 내주곤 했다. 녀석들은 대체로 경계심이 많았으나 몇 번 얼굴을 보고 나면 너무 친한 척을 해서 피곤함이 몰려왔다. 나중에야 느꼈지만 언제부터인가 나에게 으르렁거리며 짖는 동네 개들이 거의 없었다. 처음 본 개가 꼬리를 살랑거리며 쫓아오는 일도 비일비재했다.

개와 달리 고양이는 좀처럼 보기가 어려웠다. 고양이는 특성상 경계심이 극도로 강해서 무언가 주고 싶어도 줄 수 없었다. (사람이 먹는 건 고양이 몸에는 안 좋은 것인 줄 그땐 몰랐다.) 그러던 어느 날, 다른 때보다 훨씬 더 한적한 새벽이었다. 고양이 우는 소리가 편의점 밖에서 들려왔다. 새벽이면 동네 여기저기서 고양이가 울었지만 멀리서 희미하게 들려올 뿐이었다. 근데 이번에는 가깝게 들렸다. 카운터에 있다가 문밖으로 나가보니 고양이 한 마리가 도망갈 생각도 없이 가만히 앉아 나를 올려다보고 있었다. 슬쩍 다가오더니 내 신발에 자기 등을 비비적거렸다. "너 배고프니?" 물었더니 그 말을 알아들었다는 듯 "야옹" 하며 나를 다시 올려다봤다. 마치 영화 〈슈렉〉에서 봤던 장화 신은 고양이와 똑같은 눈망울이었다. 나는 홀린 듯 서둘러 냉장고로 들어가 참치 마요네즈 삼각김밥을 챙겨서 나왔다. 녀석은 삼각김밥을 다 먹고는 바닥에 몇 번 몸을 비비적거리다 돌아갔다.

그날부터 그 고양이는 거의 매일 편의점을 찾아왔다. 손님처럼 자연스럽게 편의점 안으로 들어와 내가 준 삼각김밥, 호빵, 우유, 오징어 다리, 쥐포 등을 먹고는 바닥에 몸을 비비적거리다 돌아갔다. 어느 날부터는 편의점 안을 한 바퀴씩 돌며 매장 이곳저곳을 둘러보기 시작했

다.(모양새가 알바생이 일을 잘하는지 감시하는 사장 같아서 녀석을 '고 사장'이라고 부르기로 했다.) 편의점 안에 대소변을 누는 것도 아니고, 도둑고양이처럼 음식을 날름 물어 가지도 않았다. 나중엔 새끼 고양이까지

데려왔다. 녀석은 경계심이 많았지만 제 어미를 잘 따라다녔다. 나도 녀석들이 귀여워 그만큼 먹을 것을 더 챙겨주려고 노력했다. 알고 보니 그 고양이들은 편의점뿐만 아니라 동네 사람과 관광객들에게도 자신의 존재를 드러내며 한껏 귀여움을 받고 지내는 것 같았다.

어느 날은 고 사장이 여느 때와 달리 몸이 축 처져 느릿느릿 걸어오더니 널브러지듯 바닥에 엎드려졌다. 자세히 살펴보니 숨을 거칠게 내쉬고 있었다. 평소처럼 먹을 것도 내줬으나 먹는 둥 마는 둥 했다. "무슨 일 있어?" 하고 물었으나 고양이가 자초지종을 말해줄 리는 만무했다. 녀석은 잠시 엎드려 있다가 조용히 되돌아갔다.

몇 시간 뒤 괴상한 소리가 들려 급히 나가보니 고 사장이 다른 길고양이와 혈투를 벌이고 있었다. 녀석은 몸집이 두 배 정도 더 큰 길고양이에게 일방적으로 물리고 짓밟혔다. 목이 찢어질 듯 내지르는 고양이 괴성이 온 동네를 뒤덮었다. 도저히 그냥 지켜볼 수 없어 내가 직접 뛰어들었다. 고 사장은 자동차 밑으로 숨어들어 몸을 부르르 떨었고, 큰 길고양이가 완전히 사라지고 난 뒤에야 천천히 밖으로 나왔다. 내가 괜찮냐고 묻자 기어들어가는 목소리로 두어 번 "야옹" 하곤 나를 올려다봤다. 언제든 괜찮으니 괴롭히는 놈이 있으면 무조건 나를 찾아오라고 했다. 안타깝게도 그게 녀석과의 마지막 인사가 돼버렸다. 그후로 고 사장의 소식을 들을 수 없었다. 덩치 큰 길고양이만 가끔 편의점 앞에 나타났는데, 나는 녀석을 대빗자루까지 동원해 멀리 쫓아냈다.

한동안 나도 모르게 창밖을 내다보는 습관이 생겼다. 혹시라도 내가 못 본 사이에 고 사장이 왔다 갔을까 봐 평소에 잘 먹던 음식을 매일 하나씩 편의점 바깥 계단에 내놓았다. 그러나 매일 그 상태 그대로였다. 고 사장은 나타나지 않고, 뜬금없이 어떤 아저씨가 등장해 음식 내놓은 곳 주변을 어슬렁거렸다. 횡단보도를 급하게 건너가는 그의 손에는 내가 내놓은 음식이 들려 있었다. "아저씨, 그거 가지고 가면 안 돼요!" 하고 소리쳤으나 이미 어두운 골목으로 사라진 뒤였다.

지금도 그 고 사장이 보고 싶을 때면 휴대전화로 찍어둔 사진을 보곤 한다. 녀석, 지금쯤 어디에서 잘 살고 있는 건지. 고 사장, 다음에 올 땐 꼭 참치로 줄게. 언제든 다시 와! (저기 아저씨, 배고프시면 그냥 들어와서 살짝 말씀하세요. 삼각김밥은 얼마든지 제공해드릴 의향이 있습니다만…….)

삼각김밥, 너를 보면 눈물이 왈칵

편의점 알바생들에게 삼각김밥은 쳐다보기도 싫은 음식 중 하나라고 단언할 수 있다. 특히 야간 알바생과 삼각김밥과의 만남은 필연적이다. 시간이 흐를수록 맛보다는 단순히 배고픔을 달래기 위해 먹어야 하는 삼각김밥. 지속적인 섭취는 몇 가지 이상 증세를 몰고 왔다. 초기 증상은 삼각김밥이 상하지 않았는데 혀가 진한 식초 맛을 느낀다는 것이다. 배가 아파서 화장실에 자주 들락거리게 되고, 또 아무리 따뜻하게 데워 먹어도 모래알처럼 밥알이 잘 씹히지 않는다. 3년 가까이 삼각김밥을 꾸준히 먹고 있는 지금은 어떤 맛을 골라 먹어도 아무런 맛을 느끼지 못한다. 앞으로 또 어떤 증상이 나타날지는 모를 일이다.

도저히 그대로 먹을 수 없어서 다른 방법을 시도해보기로 했다. 가장 쉽고 간단한 방법은 삼각김밥을 컵라면에 투하해 먹는 것이다. 매콤

한 라면 국물에 고기가 들어간 삼각김밥의 조합은 입을 가장 달랠 수 있었다. 이때 중요한 건 김을 넣을 때 밥과 분리해 잘게 뜯어서 넣어야 한다는 것이다. 그렇지 않으면 김에서 껌의 식감을 느낄 확률이 높다. 마요네즈가 들어간 삼각김밥은 국물에 넣지 않는 것이 라면과 김밥 모두를 위한 예의다. 편의점 알바를 하기 전부터 즐겨 먹던 방식이라, 오래 먹을 수 있을 줄 알았으나 예상과 달리 금세 질리고 말았다.

이 사태를 알게 된 부모님은 폐기된 삼각김밥을 집에 가져오라고 했다. 식비 절감의 효과를 기대하는 눈치였다. 자신만의 요리 세계가 확고한 아버지는 삼각김밥을 이용해 새로운 음식을 선보였다. 바삭한 김이 흐물흐물해질 때까지 밥통에 쪄내기, 삼각김밥에 달걀옷을 입혀 부치기, 소화가 잘 안 되는 어머니를 위해 소고기가 들어간 삼각김밥을 죽으로 쑤기, 집에 남는 반찬을 섞어 얼큰하고 걸쭉한 국물이 일품인 잡탕국밥 만들기, 여러 개의 삼각김밥을 섞어 새로운 김밥 만들기 등등 매번 신메뉴를 창조했다. 그중 단연 최고는 삼각김밥을 모두 섞어서 부친 '전'이었다. 흡사 빈대떡과 비슷한 식감이 나는데, 들어간 삼각김밥에 따라 완전히 다른 맛이 났다. 그렇게 몇 달 동안 집에서 삼각김밥과 연관된 음식만 먹었다. 식비는 확실히 절감할 수 있었다. 그러나 내 미각은 절감을 넘어 상실에 이르렀다. 농민들의 땀이 담긴 쌀을 귀중히 여겼던 부모님도 소화 불량과 미각 상실 증상을 수차례 호소하더니 결국 삼각김밥의 반입을 거부했다. 특히 아버지는 '절대'라는 단어를 강조했다.

이 글을 쓰는 지금도 삼각김밥으로 배를 채우고 있다. 이번엔 G편의점에서 독점 판매 중인 고추 양념소스 '맛다시'를 삼각김밥에 섞었다. 어릴 때부터 맨밥에 고추장을 넣어 비벼 먹기를 좋아했던 터라 그럭저럭 먹을 만했다. 그러나 딱 그뿐이었다. 지금도 새로운 삼각김밥이 계속 출시되고 있지만, 사라진 내 미각을 되돌리진 못했다. 내게 작은 소원이 있다면 내 미각을 돌려줄 초특급 삼각김밥이 등장하는 것이다.

날씨가 추워지면 편의점에는 호빵기가 등장한다. 한두 시간 정도 적

당히 수증기를 머금은 호빵은 쫄깃하고 팥이 따뜻해서 맛있다. 하지만 내가 먹어야 할 호빵은 최소 여섯 시간에서 최대 열두 시간이 지난 것들이다. 그 정도면 겉면에 서서히 주름이 생기고, 조금 더 시간이 지나면 주름이 벗겨지기 시작한다. 난 이를 '변태 현상'이라고 부른다. 주름진 호빵 겉면은 마치 도배할 때 바르는 풀과 비슷한 식감이 난다. 호빵 속에 있는 팥은 저온과 수증기에 오래 방치돼 도저히 호빵에서 느낄 수 없는 오묘한 맛을 뽐냈다. 그나마 팥호빵은 그저 먹을 '만'은 하다. 문제는 야채와 피자 호빵이다. 이 둘은 속재료의 식감이 괴상망측하게 변한다. 호빵 껍질은 입천장과 치아에 달라붙어 짜증을 유발했고, 그에 따른 소화 불량은 풍성한 덤으로 찾아왔다. 삼각김밥은 다 팔려서 없는 날이 있었지만, 호빵은 그런 날이 거의 없었다. 하나씩 넣어 두면 꼭 두세 개 이상 달라는 손님이 있었고, 두세 개를 넣어 두면 하나 이상은 남았다. 새벽에는 언제나 변태와 변이를 거치는 호빵과 사투를

벌여야 했다.

시간이 지나자 호빵도 삼각김밥처럼 무미無味 증상이 발생했다. 나는 고민 끝에 따뜻한(?) 나눔을 시작했는데, 단골손님은 물론 생활정보지를 배부하는 할아버지께도 호빵을 나눠 드렸다. 처음에는 모두 환영했으나 그들도 점점 호빵과 눈을 마주치지 않으려 했다. 결국 난 새로운 음식을 창조하기로 하였으니, 호빵을 무참히 으깨 반죽으로 만든 뒤 적당한 모양으로 떼어내 오븐에 구운 것이다. 오래된 호빵이 겉은 바삭하고 속은 촉촉한 단팥 맛 쿠키로 변신했다. 그러나 이 역시도 한두 번 별미로 먹었을 뿐 계속 먹기는 버거웠다.

눈과 바람이 거세게 몰아치는 날은 삼각김밥이 훨씬 더 많이 남는다. 물론 호빵도 마찬가지였다. 난 폐기된 삼각김밥과 호빵을 바라보며 뜨거운 호빵기를 꽉 끌어안았다.

밥 먹으레 감수다

나와 김 사장이 닮은 부분이 있다면 바로 '뜬금없음'이다. 근래의 내 삶은 공부를 하다가 뜬금없이 글쓰기를 시작했고, 계속 글을 쓰고 싶어서 편의점 알바도 하고 있다. 김 사장의 삶도 나처럼 뜬금없었다. 공무원 시험을 몇 년 동안 준비하다 뜬금없이 미국으로 떠났고, 다시 한국으로 돌아와 새로운 사업을 구상하던 중 친형이 운영하는 편의점에 혹해 점포를 두 개나 차리게 됐다. 김 사장은 지금도 다양한 사업을 구상하며 지내고 있다. 앞으로 김 사장이 어떤 뜬금없는 행동을 할지 모르겠다. 물론 나도 어떤 뜬금없음으로 주변 사람들을 놀라게 할지 아직까진 알 수 없다.

이렇게 큰일들도 뜬금없는데 일상이라고 다를 건 없었다. 김 사장과 나의 뜬금없음이 공유된 부분은 다름 아닌 먹거리다. 김 사장은 맛집을 찾아다니기를 좋아했고, 나도 마찬가지였다. 차이점이라면 김 사장은 여기저기 다니며 먹을 수 있는 형편이지만, 난 그렇지 못하다는 것이다. 그런 내 사정을 알게 된 김 사장은 휴일이면 나를 불러냈다. 보통 사장이라면 부하 직원에게 직접 오라고 할 법도 한데, 친절한 김 사장은 항상 차를 몰고 우리 집 앞까지 달려왔다. 그러곤 만나자마자 앞뒤 다 자르고 "뭐 먹을래?" 하고 물었다.

김 사장과 처음 먹은 것은 순댓국이다. 차를 타고 가는 내내 김 사장이 그 집 순댓국을 칭송해서 조금 기대가 컸다. 그러나 기대가 크면 실망도 큰 법. 뽀얀 돼지 육수에 순대가 몇 개 들어가 있고, 각종 채소와 산초가루를 뿌려놓은 평범한 순대국이었다. 맛은 순대를 물에 담가놓은 맛이랄까. 김 사장도 민망했는지 자기 누나가 소개했는데 이 정도일 줄은 몰랐다고 머쓱히 웃어 보였다. 그래도 담백하니 좋지 않으냐며 너스레 떨었다. 뭐 평생 여기는 내 돈 주고 사 먹지 않을 담백함을 남겨주긴 했다.

그때의 아쉬움이 또 다른 맛집을 찾아가는 계기가 되었다. 이번에는 시내에서 꽤 규모가 큰 흑돼지 전문점이었다. 점심시간이라 그런지 운동장 크기의 주차장이 차들로 빼곡했다. 2층짜리 건물인데 에스컬레이터를 타고 올라가는 호화로운 식당이었다. 자리에 앉자마자 주문을 했고 눈 깜짝할 사이에 음식이 나왔다. 점심 특선으로 흑돼지 정식을 시켰는데 고기와 각종 밑반찬, 셀러리를 포함한 상추쌈이 나왔다. 고기는 어지간한 삼겹살 세 개를 겹겹이 쌓아둔 것처럼 두툼했다. 제주도에서 돼지고기, 특히 흑돼지는 어떤 말로 꾸밀 필요 없이 쫄깃하고 맛있어서 본능에 가까운 젓가락질을 하게 만드는 마력이 있다. 밥은 그냥 공깃밥이 아닌 작은 돌솥에 담겨 나왔다. 뜨거운 밥을 큰 양푼에 옮긴 뒤 돌솥에 물을 부어 뚜껑을 닫아놓으면 식사할 동안 구수한 숭늉으로 변신한다. 밥은 새싹채소와 섞어 비벼 먹는데, 밥 위에 지글지글한 흑돼지 한 점을 올리면 끝이다. 먹는데 말하면 복 날아간다는 어른들의 말씀이 있다. 그 말씀, 이곳에서는 적극 실천이 가능했다. 김 사장과 나는 돌솥 뚜껑을 열기 전까지 서로 말없이 먹기만 했다. 돌솥 숭늉으로 마무리하니 입안에 남아 있던 돼지고기의 느끼함이 싹 달아났다. 그날은 하루 종일 행복해 웃음이 나왔다.

다음 맛집 탐방은 또 얼마 지나지 않은 쉬는 날이었다. 제주도 토속음식을 맛보게 해주겠다는 김 사장을 따라간 곳은 탐라 건국 신화가 있는 삼성혈 부근 국수 거리였다. 국수는 흔하디흔한 음식 중 하나다.

워낙 내가 국수를 잘 삶고 집에서 무생채에 비벼 먹는 걸 좋아해 밖에서는 한 번도 국수를 사 먹어 본 적이 없었다. 김 사장과 함께 먹은 국수는 고기국수였는데, 제주도의 토속 음식이자 관광객들에게 꽤 인기 있는 메뉴라고 했다. 잔치국수와 별반 다를 게 없을 것이라는 내 예상은 국수가 등장하면서 먼지가 되어 흩날렸다. 뽀얀 국수 위에 손바닥 두께만 한 돼지고기가 여러 점 얹혀 있었다. 나는 주방아줌마가 수육을 썰다가 실수로 국수 위에 얹은 줄 알았다. 그런데 김 사장의 국수에도, 다른 테이블 손님의 국수에도 똑같이 많은 양의 고기가 들어가 있었다. 면이 굉장히 쫄깃했고 국물은 깨가 많이 들어가 구수했다. 집에서 국수를 먹으면 아쉬워서 한 그릇 더 먹게 되는데, 고기국수는 한 그릇으로 충분했다. 어릴 때부터 고기국수를 먹어온 김 사장은 그동안 맛이 너무 변했다며 반드시 옛 맛을 살린 곳을 찾아 다시 먹어보자고 했다. 아니, 이보다 더 맛있는 고기국수의 전설이 있단 말인가?

제주도 모슬포에서 열린 방어축제에 함께 간 적도 있다. 김 사장은 내가 아직 방어회를 먹어보지 못했다는 것을 알고 같이 가자고 했다. 모슬포는 제주 서남단에 위치한 최대 항구다. 일제강점기에는 비행장으로 사용됐고, 6·25 때는 육군훈련소가 있었다. 마라도를 가려면 모슬포항에서 배를 타고 들어가야 한다. 모슬포항과 마라도 사이에 방어가 가장 많이 잡히는데, 크기가 센티미터 단위가 아닌 미터 단위다. 『노인과 바다』에 나온 청새치와는 비교할 수 없겠지만, 묵직함 감이 없지 않아 있는 녀석이었다. 축제 장소가 시내에서 꽤 멀었지만 김 사장은 콧노래를 부르면서 차를 몰았다. 근처 도서관에서 곧 결혼할 여자친구가 근무했기 때문이다. 모슬포항에 도착하니 자동차와 행사용 천막이 즐비했다. 11월의 칼바람이 불던 날이라 차에서 내리자마자 발이 쉽게 떨어지지 않았다. 차는 많았지만 사람이 몇 명 없었다. 특설 무대는 아직 낮이라 비어 있었고, 제주 지역방송에 자주 나오는 한 방송인의 외로운 멘트만 쓸쓸하지만 흥겹게 울려 퍼지고 있었다.

방어축제인 만큼 우리는 방어를 먹어야겠다는 생각에 아무 곳이나 들어가서 방어회를 시켰다. 그런데 이게 무엇인가. 가격은 만만치 않았는데, 접시에 올라온 방어회의 양은 참으로 만만했다. 김 사장에게 이건 아무래도 아닌 것 같다고 다른 데로 가자고 했다. 그러나 김 사장은 모난 행동을 극도로 자제하는 인물이다. 그는 자리를 박차고 나가는 대신 어묵과 막걸리를 한 병 시켰다. 막걸리는 정량으로 나온 것이라 문제가 없었지만, 어묵은 가격이 도도하면서 양과 맛은 지나치게 겸손

하고 저렴했다. 김 사장은 방어회 대신 막걸리만 연신 들이켰다. 내가 젓가락을 몇 번 가볍게 휘두르자 접시가 금세 깨끗해졌다.

방어축제에서 방어회로 상처받은 두 영혼은 정처 없이 행사장 이곳 저곳을 떠돌다가 몰아치는 비바람 속에서 피어오르는 하얀 연기를 발견했다. 우리는 누가 먼저라고 할 것 없이 그곳으로 발길을 옮겼다. 마침 축제 기념으로 지역 축협에서 제주산 돼지고기 시식회를 열고 있었다. 고기를 굽기 위해 연탄을 피우는 중이었는데, 주변에는 이미 하얀 연기를 보고 모여든 사람들로 빼곡했다. 어쩐지 방어회를 파는 식당보다 인파가 더 몰려 있었다. 활활 타오르는 불판 위에 고기가 올라간 순

간, 김 사장과 난 본능적으로 재빨리 줄을 섰다. 고기에 불 맛까지 더하니 이것이 바로 힐링이었다. 칼처럼 매서운 비바람을 맞아도 괜찮았다. 먹으면 먹을수록 줄어드는 고기가 아쉬워서 초등학교 1학년 이후로 절대 하지 않았던 '꼭꼭' 씹어 먹기로 불 맛 돼지고기의 은혜로움을 한껏 누렸다.

김 사장과는 함께 맛있는 음식들을 먹은 좋은 추억이 있다. 김 사장은 일부러 멀리까지 나를 데려가서 닭고기 샤부샤부를 사주고, 편의점에서 치킨을 시켜주고, 퇴근할 때는 동네 식당이라도 데려가 밥 한 끼를 사 먹였다. 술을 안 먹는 내가 '북엇국은 역시 아침에 먹어야 제맛'이라는 것을 김 사장 덕분에 처음 알았다. 한번은 항상 얻어먹기 미안해서 지갑을 열었더니, 내게 절대 그러지 말라고 했다. 원래 형이 밥값을 내는 거라면서 나중에 나보다 어린 동생들에게 베풀라고 하는 김 사장. 그는 내게 그런 사장이자 형이었다.

500원이나 더 준다니까!

편의점에 찾아오는 손님들은 궁금증이 참 많다. 내가 몇 살이고 어디에 사는지, 학교는 어디고 무슨 일을 하는지 등의 개인적인 신상을 물어오고 가끔은 노골적인 질문을 던진다.

"여기서 시급 얼마나 받아요?"

"언제까지 여기서 일할 거예요?"

이 두 가지 질문을 받을 때마다 '알아서 뭐하시게요?'라는 말이 머릿속을 빙빙 맴돌지만 애써 미소를 지어 보였다. 별 뜻 없이 물어보는 사람도 있지만 그렇지 않은 사람도 간혹 있었다. 자신의 명함을 내밀면서 의류매장, 식당, 양어장, 선과장, 논밭, 대형마트, 카페, 휴대폰 판매점, 심지어 스크린 골프장까지. 전혀 예상치 못한 곳에서 훨씬 좋은 조건을 제시할 테니 알바를 옮겨볼 생각 없냐고 은밀히 제안을 해왔다. 그들이 말하는 더 좋은 조건이란 다름 아닌 '시급'이었다. 그렇다고 파격적으로 많이 주는 건 아니고, 기껏해야 300원에서 500원 더 올려 주는 정도였다. 월급이 꽤 많았으나 근무시간과 할 일이 거의 노예급인 곳도 있었다. 그러나 그들은 모른다. 내게 좋은 조건이란 단순히 시급만을 의미하지 않는다는 것을. 글을 쓸 수 있는 자투리 시간, 즉 내가 할 일을 유연하게 조절할 수 있는 시간적인 여유가 가장 중요했다. 지금보다 돈을 더 많이 벌려고 했다면 처음부터 편의점 알바를 시작하지 않았을 것이다. 내겐 최소한 지금 이 알바 자리가 완벽까지는 모르겠으나 그럭저럭 흡족한 조건인 셈이다.

하루는 근처 C편의점 주인장 아주머니가 손님이 없는 틈을 타서 내가 일하는 편의점으로 들어왔다. 연신 코웃음을 치며 매장을 둘러보던 아주머니는 팔짱을 낀 채 내게 말을 걸었다.

"여기서 언제까지 일할 거야?"

곧바로 내게 시급이 얼마냐고 물어왔다. 내가 대답을 하지 않자 왜 C편의점이 아닌 이곳을 선택했느냐며 따지기 시작했다. 예전에 C편의점만 있었을 때, 아줌마가 알바해보지 않겠느냐고 물어온 적이 있다. 그때는 공부에만 집중해야 하니 훗날 기회가 되면 하겠다고 대답했다.

계약서를 쓴 것도 아니고 새끼손가락을 손에 걸고 약속한 것도 아니었다. 그저 누구라도 할 수 있는 대답일 뿐이었다. C편의점 주인장은 여기서 받는 시급보다 무조건 500원을 더 줄 테니 당장 넘어오라고 했다. 아주머니로선 파격적인 제안이었을지 모르겠다. 그러나 나는 정중히 사양하고 아줌마를 돌려보냈다.

문제가 이렇게 쉽게 일단락될 줄 알았으나, 다음 날 C편의점 주인장 아주머니가 또다시 편의점에 찾아왔다. 전날처럼 나를 흘겨보며 "아직도 여기서 일해?" 하고 떠보듯이 콧방귀를 뀌었다. 머리에 급격히 피가 쏠리는 것을 느꼈으나 애써 심호흡을 하며 고개를 끄떡였다.

그즈음 눈물과 콧물을 자동으로 쏟게 하는 겨울바람 때문에 도저히 자전거를 타고 출퇴근할 수가 없었다. 어쩔 수 없이 버스를 타고 다녔는데, 버스 정류장이 하필 C편의점 옆이라 버스를 타러 갈 때마다 C편의점 주인장 부부와 마주쳤다. 이들은 평소와 달리 성인군자 못지않은 인자한 미소를 지으며 반갑게 손을 흔들었다. 밖으로 불쑥 튀어나와서 언제 이쪽으로 옮길 거냐고 물어보기도 일쑤였다. 나중에는 무리해서라도 자전거를 타고 출퇴근했다. 날씨 때문에 도저히 자전거를 못 탈 상황이면, G편의점 문 앞에서 버스가 오는 것을 확인하고 정

500원 더 준다고 하세요!

류장까지 정신없이 달려가기도 했다. 그러나 C편의점 주인장을 피할 수가 없었다. 전날 폐기한 우유가 많으니 그걸 가져가겠느냐는 등 물량 공세를 펼쳤고, 그마저도 안 되니 내가 쉬는 금요일과 주말만이라도 일해보자고 종용했다. 나는 그때마다 거절의 방패를 내밀었다.

"도대체 이러는 이유가 뭐야! 거기 점장한테 돈이라도 빌렸어?"

"아뇨."

"혹시 사고 쳐서 약점 잡힌 거야?"

"더 아니요."

"그럼 왜!"

급기야 C편의점 주인장은 나를 볼 때마다 분노를 마음껏 분출했다. 이곳에서 일하기 전부터 C편의점이 시급이 높은 건 알고 있었다. 그럼에도 내가 C편의점을 선택하지 않은 건, 신뢰가 부족했기 때문이다. 알바는 정규직이 아니니 언제든지 사람이 바뀔 수 있다. 하지만 C편의점은 알바생이 너무 자주 바뀌었다. C편의점 주인장이 친한 손님들과 대화하면서 알바생에 대한 험담을 늘어놓는 모습도 자주 보였다. 물론 그 알바생이 잘못했을 수도 있다. 하지만 그를 고용했다면 누구보다도 믿어주고 먼저 감싸줘야 하는데, C편의점 주인장은 그러질 못했다. 그런 곳에서 내가 신뢰를 받을 수 있을지 의문이었다. 신뢰를 얻기 위해 매일 검증받아야 하는 일상이란 피곤할 수밖에 없었다. 또 이전 알바생들처럼 내가 비난의 대상이 될 수도 있었다. 시급을 좀 더 받으니 앞뒤 가릴 것 없이 '옳거니' 할 존재로 날 생각한 것 역시 내 마음을 움직이지 않게 했다.

평소 연락이 잘 안 되고 편의점에 소홀한 것처럼 보이는 김 사장이지만, 최소한 그는 매장에 무슨 일이 생기면 누군가에게 책임을 묻기보다 자신의 실수부터 먼저 돌아봤다. 설령 알바생이 큰 실수를 저지르더라도 문책보다는 다시 잘할 기회를 줬다. 가끔은 지나치게 관대해서 오히려 내가 걱정을 할 정도였다. 그런 사람이기에 나도 조금이라도 더 신경 쓰며 일했다. 물론 월급은 단 한 번도 밀린 적이 없고, 근무시간에 나를 굶게 놔둔 적도 없었다. 당연한 것들이지만, 요즘은 이 당연한 것들이 무시되는 현실에서 살아가는 젊은이들이 꽤 많다고 알고 있다.

이 글을 쓰는 지금도 나는 여기저기서 명함을 받는다. 좋게 봐주는 건 감사한 일이지만 진짜로 나를 스카우트하고 싶다면, 진심과 신뢰를 보여주길 바란다. 꼭 내가 아니라도 모든 사람에게 해당하는 말일 것이다.

그놈 목소리

새벽 3시, 극성스러운 취객만 없다면 참으로 고요한 시간이다. 그 때문에 작은 전화벨 소리가 유달리 크게 들릴 때가 있다. 특히 새벽에 편의점으로 전화가 오는 일은 드물어서 다른 일에 집중하거나 글을 쓸 때 전화벨이 울리면 깜짝 놀라 뒤로 넘어지곤 했다. 그날따라 손님이 별로 없었고, 전날 잠을 제대로 못 잔 탓에 책을 읽으면서 반쯤 졸고 있었다. 그런데 갑작스럽게 전화벨이 시끄럽게 울렸다. 나는 벌떡 일어나 허공에 "어서 오세요!" 하며 깍듯이 허리를 숙였다. 벨소리는 계속 우렁차게 울어댔다. 나는 흙이 잔뜩 묻은 잡초를 씹어 먹은 듯한 표정으로 전화를 받았다.

"거기 편의점이죠-오?"

나와 비슷한 또래의 남자였는데 발음이 흐렸다. 편의점 위치를 묻기에 이를 꽉 깨물고 최대한 또박또박하게 오는 길을 상세히 설명했다. 그는 친절하게 대답해줘서 고맙다며 아까 사갔던 소주를 교환해줄 수 있냐고 물었다. 난 내가 직접 판매한 게 아니니 영수증을 가져오라고 대답했다. 정녕 영수증이 필요하냐는 그의 물음에 진정 영수증이 필요하다며 한 글자 한 글자 목소리에 힘을 주어 대답했다. 영수증만 있으면 되냐고 다시 묻기에 영수증은 물론 물건도 가져오라고 강조했다. 그는 알았다는 대답을 끝으로 전화를 끊었다.

갑자기 배가 아파 화장실에 가려던 차에 전화벨이 다시 울렸다. 또 그 목소리였다. 그는 영수증은 챙겼는데 일주일 전 것이라 괜찮냐고 물어왔다. 아까 사갔다고 했으면서 왜 일주일 전 영수증을 챙겼냐고 반문하자 "아씨!" 하며 전화를 끊었다.

세 번째 전화벨이 울린 건 화장실에 다녀온 뒤였다. 혹시나 했는데 역시나 그 목소리가 들려왔다. 이번엔 영수증을 제대로 챙겼으니 반드시 교환해달라고 일방적으로 통보하고 전화를 끊었다. 거듭된 그의 전화에 뒷골이 뻐근해졌다. 나는 목과 팔, 손가락을 풀고 비상 모드로 변신해 일단 그를 기다렸다. 십여 분 뒤 편의점 문이 조심스럽게 열렸고, 검은 그림자가 살며시 들어왔다. 그는 검은색 줄무늬 티셔츠와 반바지를 입고 있었는데 옷에 허연 자국이 군데군데 달라붙어 있었다. 비니 모자를 눈썹까지 꽉 눌러써서 눈이 잘 보이지 않았다. 전체적으로 깡말랐고 수염이 사극에 나오는 포졸과 비슷했다. 쭉 찢어진 눈으로 쳐다보는 눈빛이 밥 먹다가 돌 씹은 것처럼 떨떠름했다.

"이거요."

그는 대뜸 영수증부터 바짝 내밀었다. 전화로 들었던 그 목소리였다. 영수증은 코 풀다가 내다 버린 휴지처럼 구겨져서 글자를 알아보기 어려웠다. 눈을 크게 뜨고 살펴보니 내가 근무하기 전 시간에 구입한 것은 확실했다. 그에게 물건을 보여달라고 하니까 주머니에서 하얀 소주병을 꺼냈다. (제주도 소주는 투명한 병이지만 하얗다고 부른다.) 소주병 몸통이 면적이 넓어서 잡기 편할 텐데, 웬일인지 머리를 꽉 잡고 있었다. 그는 소주를 사놨는데 너무 오래돼 미지근해졌으니 시원한 것으로 바꿔달라고 했다. 제주도 사람들은 일부러 냉장고에 넣지 않은 '노짓술'을 좋아한다. 냉장고에 들어간 술은 입에 착 감기는 특유의 달짝지근한 맛을 느낄 수 없다고 한다. 냉장고 소주를 먹는 사람이 노짓술을 먹을지언정 노짓술을 먹는 사람이 냉장고 술은 안 먹을 정도다.

일단 영수증은 확인됐고, 물긴도 있으니 별 의심 없이 교환해줬다.

그는 냉장고에서 꺼낸 소주를 받자마자 공손하게 허리를 숙이더니 부리나케 편의점을 나갔다. 참 별난 손님이라고 생각했다.

뜬금없이 이른 아침에 편의점을 찾은 김 사장과 이런저런 얘기를 하다가 그 손님 얘기가 나왔다.

"혹시 새벽에 여러 번 전화하고 소주 바꿔달라는 사람 아냐?"

"어떻게 알아요?"

"그 소주 가져와 봐."

마침 그사이 소주는 팔리지 않아서 그걸 그대로 가져왔다. 김 사장은 뚜껑을 유심히 살펴보더니 혀를 내둘렀다.

"또 이러다니!"

그제야 내 눈에 소주 뚜껑이 눈에 들어왔다. 자세히 보니 열었다가 닫은 흔적이 미묘하게 남아 있었고, 실리콘 자국이 선명했다. 꽉 닫힌 뚜껑은 김 사장과 합동 작전으로 십여 분간 끙끙대다가 겨우 열었다. 소주 색은 별다를 게 없었다. 김 사장이 한 모금, 술을 안 먹는 내가 한 모금 마셨다가 동시에 뱉어냈다. 맛이 밍밍하고 비렸고, 코끝을 찌릿하게 하는 냄새가 최소한 정수기에서 갓 떠온 물은 아닌 듯했다. 컨디션이 최상인 4번 타자가 홈런을 날리려 휘두른 야구방망이에 뒤통수를 정통으로 맞은 듯 눈앞이 흐릿했다. 갑작스럽게 실종된 정신은 쉽사리 돌아오지 않았다. 그는 내가 여기서 일하기 전에 똑같은 짓을 하려다가 걸려서 도망간 전력이 있다고 했다. 김 사장은 어쩔 수 없다며 내 어깨를 토닥였으나 나는 고혈압과 저혈압이 극도로 교차하고 있었다. 내가 경찰에 신고하자고 했지만, 사람은 모나게 살면 안 된다는 김 사장의 인생철학에 가로막혔다.

난 어떻게든 그 사람, 아니 그놈을 다시 만나고 싶었다. 술이 잔뜩 취한 목소리로 어디 어디 양어장에서 일한다고 어쩌고 한 말은 얼핏 들었던 것 같다. 촐불스러운 내 기억력으로는 어느 양어장인지 정확히 떠오르지 않았다. 자주 오는 파출소 경찰에게 얘기하려다가 일단 참기로 했다. 두 번이나 그런 일을 한 사람이라면 다음에도 찾아올 것이라 확신하며.

내 확신이 들어맞은 건 그로부터 정확히 3개월이 지난 한산한 새벽이었다. 극성 취객은 물론 손님 자체가 거의 없었다. 무료함에 영화를 한 편 보려다가 글쓰기 모드로 다시 돌입했다. 편의점 한구석에서 나오는 배경음악을 벗 삼아 열심히 키보드를 두드렸다. 글을 쓰다 보면 '그분(!)'이 강림하시는데, 이때부터 글은 내 머리가 쓰는 게 아니다. 내게 강림한 그분이 내 손가락을 빌려 엄청난 속도로 문장을 채우고, 문단으로 묶어 이야기를 만든다. 그분이 왔을 때 쓴 글은 나중에 다시 보고 감탄할 때가 종종 있다. 그분이 오시면 원고지 100매 이상은 기본으로 쓸 수 있다. 그렇게 30매 가까이를 무얼 어떻게 쓰는지도 모른 채 막 써내려갔다. 이 추세라면 세상에 단 하나뿐인 명문장도 나오겠구나, 들뜨기까지 했다. 원고지를 40매 정도 채워가던 그때 전화벨이 울렸다. 손가락이 계속 키보드 위에서 움직이고 있어서 전화를 받고 싶지 않았다. 그래도 이 새벽에 무슨 일일지 모르니까 하는 마음으로 글쓰기를 중단했다. 그러나 전화기에 손을 댄 순간, 뇌리에 딱 스친 게 있었다. 바로 그놈! 잠시 잊었지만 완전히 잊고 살 수 없는, 내 인생에 엄청난 치욕감을 안겨줬던 바로 그놈이었다.

수화기를 들었지만 잠시 아무런 소리가 없었다. 나는 아무렇지 않은 척 차분히 "편의점입니다. 말씀하세요"를 반복했다.

"거기 편의점이죠-오?"

그놈이었다. 나도 모르게 눈에 힘이 들어갔고, 어금니에 금이 갈 듯 이를 꽉 깨물었다. 심호흡을 조심스럽게 반복하며 놈의 요구 사항을 먼저 들어봤다. 이번에는 아까 사갔던 담배를 소주로 바꿀 수 없냐고

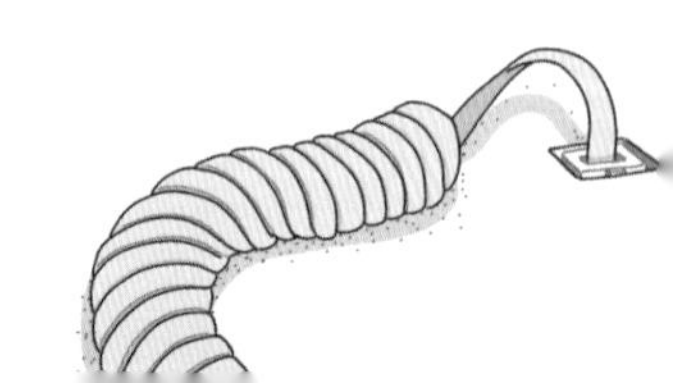

했다. 아까 언제냐고 묻자 밤 11시쯤이라고 했다. 그러나 그 시간에 담배를 구입한 손님은 한 명도 없었다. 나는 지난번처럼 영수증을 지참해 오라고 했다. 그놈은 저번처럼 정녕 영수증이 필요하냐고 물었고, 나는 진정 필요하니 꼭 챙겨오라 했다.

정확히 10분 뒤 편의점 문이 조심스럽게 열렸다. 난 애써 모른 척하며 그놈을 다른 손님처럼 거리낌 없이 대했다. 그는 주변을 살피더니 주머니에서 담배를 꺼내 계산대에 내려놓았다. 어디선가 구해온 듯한 구겨진 영수증도 함께였다. 그놈은 나를 향해 씩 웃어 보이더니 자연스럽게 소주가 있는 냉장고 쪽으로 향했다. 혹시나 해서 담배를 자세히 살펴봤다. 수상한 이물질이 안에서 덜렁거렸다. 포장지 속에는 담뱃재가 적지 않게 붙어 있었고, 뜯는 부분을 자세히 보니 실리콘 자국이 묻어 있었다.

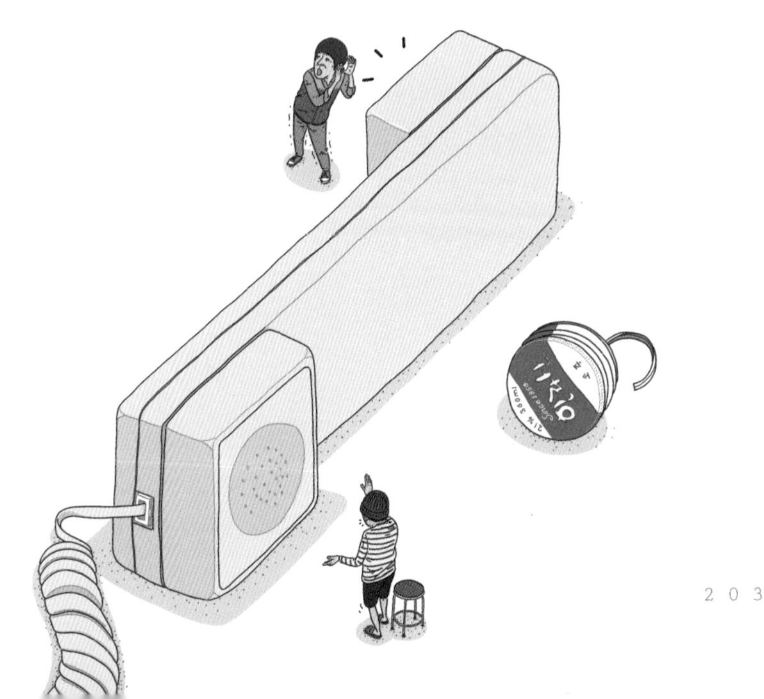

"이거 봐."

냉장고 문을 열려는 그놈을 부른 뒤 조심스럽게 한 발짝 앞으로 다가갔다. 그는 나와 눈이 마주치자 얼굴빛이 검게 물들었다. 내 손끝에는 담배가 들려 있었다. 놈은 키와 덩치가 전체적으로 나보다 작았다. 눈에 활화산을 품은 내 상태라면 충분히 현행범으로 체포해 맞은편 파출소로 넘길 자신이 있었다. 그놈은 갑자기 왜 그러냐며 어색하게 웃어 보였다. 그러면서 보란 듯이 당당하게 냉장고 문을 열었다.

"거기 일단 가만히 있어!"

목소리를 무겁게 깔고 돌격해 제압하려던 그 순간,

"아아악!"

그놈이 갑작스럽게 괴성을 내지르며 몸부림을 치는 것이 아닌가. 나는 순간 멈칫했다. 그사이 놈은 허리를 바짝 숙이더니 흡사 남의 집 부엌을 서성이다 걸린 한 마리 들쥐처럼 순식간에 편의점 밖으로 달아났다. 달리기라면 누구에게도 지지 않을 나지만, 생존 본능으로 가득한 그놈의 순발력을 따라잡기는 역부족이었다. 밖에는 어둠만이 주변을 조용히 뒤덮고 있었다. 발소리조차 들리지 않았고 괜한 고양이 한 마리가 내 옆을 슬금슬금 지나려다 발길질에 채일 뻔했다.

오래간만에 강림하신 그분은 고사하고 며칠간 충격으로 말수가 급격히 줄어들었다. 게다가 식욕까지 없어져 난생처음 치킨을 거부하기까지 했다. 난 밤새 전화기를 노려보며, 그놈이 주고 간 영수증을 주먹에 꽉 움켜쥐었다.

너와 평화협정 따위는 없다

밤 12시가 되면 난 지독한 고민에 빠진다. 먹을 것인가 말 것인가. 그동안 난 아무리 많이 먹어도 살이 안 찌는 체질이라고 확신하며 살아왔다. 그러나 그 확신은 편의점 알바를 시작한 지 다섯 달 만에 물음표로 변했다. 거울을 보니 턱살이 이중으로 겹쳐졌고 볼살이 전보다 훨씬 통통해져 있었다. 나도 조금은 찔 수 있겠거니, 하고 무심히 넘어갔다. 그런데 바지를 사러 갔다가 충격적인 일을 겪고 말았다. 평소에 입던 사이즈가 전혀 맞지 않았고, 심지어 두 사이즈나 큰 바지를 입었는데 옆구리 살이 삐져나왔다. 실종된 복근의 절규가 내 귓가 깊숙이 들려오는 듯했다.

그때부터 독하게 마음먹고 밤참을 끊기로 했다. 보온병에 담아둔 보리차와 메밀차를 제외한 어떤 음식도 먹지 않았다. 그렇게 사흘이 넘도록 밤을 지새웠다. 다크서클은 점점 빠르게 남하했고 촛농이 흐르듯 양쪽 볼이 축 처지기 시작했다. 밤 12시가 넘어가면 눈이 반쯤 풀어졌다. 작은 것에도 신경이 극도로 곤두서 매장 안에 작은 먼지조차 허용하지 않았다. 심한 구시렁거림 증상을 보이며 청소만 수십 차례 반복하기도 했다. 청소 도중 흙먼지를 몰고 오는 손님이 등장하면 본능적으로 째려봤다. 결국 배고픔을 못 이기고 다시 밤참을 먹기로 했는데, 하필이면 그날 삼각김밥과 도시락 등 폐기 음식이 단 하나도 남지 않았다. 할 수 없이 다이어트를 포기한 기념으로 가끔 먹으면 꽤 맛있는 '참깨라면'을 하나 샀다. 뜨거운 물을 적당히 붓고 전자레인지의 전자파 지원을 약간 받아 동봉된 참기름만 살짝 끼얹으면 고소한 풍미를 느낄 수 있는 라면인데, 그 안에 포장된 노란 달걀 블록이 엄청나게 매력적이다. 며칠 만에 다시 만난 라면을 앞에 두고 나는 살포시 두 손 모아 1분간 눈을 감았다.

'일용할 양식에 감사하오며…….'

그러나 눈을 뜬 순간, 강력한 혼돈이 들이닥쳤다. 뜨거운 김을 내며 신성한(!) 자태를 유지해야 할 참깨라면 속에 함께 해선 안 될 녀석이 감히 나른하게 온천욕을 즐기고 있는 것이 아닌가. 배고픔에 이성을 잃었다면 눈치채지 못하고 넘어갔을 옅은 갈색 나방이었다. 고소한 향을 풍기는 라면 국물에 나방이 제 몸을 들이댈 줄 누가 알았던가. 이게 꿈이라면 빨리 깨어나라고 무고한 내 뺨만 연신 두드렸다. 하지만 곧이어 그의 친구로 추정되는 다른 나방이 국물에 돌진하면서 좌절감에 빠진 울부짖음이 편의점을 뒤덮었다. 좌절은 금세 분노로 변했고, 난 나방을 비롯한 모든 벌레들에게 선전포고를 하기에 이르렀다.

"네 녀석들과 전쟁이다!"

말끔한 외관과 달리 편의점에는 다양한 벌레들이 서식한다. 하루살이, 모기, 파리, 거미, 개미는 물론 〈전설의 고향〉에서 볼 법한 엄지손가락만큼 굵고 기다란 지네까지. 겨울에는 그들의 출몰이 극히 적으나 반대로 여름에는 실로 어마어마하게 나타난다. 가끔 매미가 편의점 안을 습격하면 손님들은 물론 나 역시도 급격한 혼란에 휩싸였다. 그럼에도 난 벌레도 우리 인간과 함께 살아가야 할 귀중한 생명이라 여겼기에 극도로 살생을 자제했다. 매미는 잘 달래서 문밖으로 내보냈고 개미에겐 과자 부스러기를 챙겨줬다. 온갖 벌레가 유리창에 붙어 있어도 가만히 놔뒀다. 행여나 발로 그들을 밟지는 않을까, 걷는 것조차 조심스러웠다. (모기는 내 몸을 물었을 때만 부득이하게 응징했다.)

그날 밤에 벌어진 나방의 '참깨라면 자폭테러'는 자연과의 공존을 중요하게 생각했던 나의 살생 금지 의욕을 한 방에 꺾어버렸다. 분노에 가득 찬 내 눈은 최첨단 인공지능 레이더로 변해 주변의 모든 나방과 벌레를 포착했다. 나는 사무실 안의 파리채를 들고 본격적인 돌격전을 시작했다. 특히 나방이 포착되면 유도탄처럼 끝까지 추격해 맹공을 펼쳤다. 하지만 파리채를 사용한 흔적이 꽤 짙어서 뒤처리가 번거로웠다.

돌격전 대신 선택한 건 화학진. 바로 그 이름도 무시무시한 뿌리는 모기약을 사용했다. (모기향도 함께 사용했으나 그건 명성과 달리 잠깐 내쫓는 기능 외에 별다른 효력을 발휘하지 않았다.) 모기약의 미세한 입자가 닿는 즉시, 작은 것들은 무력하게 바닥에 추락했다. 나방은 강하게 저항했으나 각종 유해물질로 가득한 액체 공세에 결국 무참히 쓰러졌다. 그러나 음식이 많은 편의점의 특성상 뿌릴 수 있는 공간에 한계가 있었다. 바깥 유리창과 출입구 위주로 뿌렸으나 바람의 영향을 많이 받아 엉뚱한 곳으로 흩날렸다. 벌레보다 내가 모기약을 더 흡입해 밤새 두통에 시달리기도 했다. 마스크를 착용했지만 피부에 붙는 모기약은 어쩔 수 없었다. 난 다시 파리채를 손에 들고 신발 밑창과 대걸레를 보조 무기로 사용해 거대한 나방 떼를 선봉에 세운 벌레 군단과 전면전을 펼쳤다. 신발 밑창 휘두르기와 대걸레 타격은 거의 무예 수준으로 발전했으나, 잠깐 이성을 잃으면 과자 봉지가 터지는 등 애꿎은 편의점 물건에 뜻하지 않은 손상을 입혔다.

분명 편의점 안에 있는 모든 벌레들을 전멸시켰다고 생각했는데, 다음 날 밤이면 또 그만큼의 벌레가 들이닥쳤다. 그들의 무한 인해전술(?)과 나의 압도적인 파괴력 전쟁은 좀처럼 결론이 나지 않고 지난하게 이어졌다. 벌레에 지칠 대로 지칠 무렵, 편의점에 새로운 물건이 등장했다. 바로 테니스 라켓과 비슷하게 생긴 전기모기채. 살짝 스치기만 해도 불꽃이 일어나며 작은 벌레들을 흔적조차 없애버리는 무시무시한 신무기였다. 난 배터리를 가득 충전하고 곧장 최첨단 무기를 사용했다. 그들은 영문도 모르고 몸을 들이댔다가 불꽃이나 연기로 사라졌다. 배터리가 생각보다 빨리 닳는 단점을 나중에 알았지만, 날이 갈수록 벌레들의 숫자가 줄어들었고 그만큼 나의 분노도 조금씩 가라앉았다.

비가 요란하게 오던 어느 날. 유리창에는 어김없이 벌레들이 달라붙어 있었다. 그중 큼직한 나방 한 마리가 내 눈에 들어왔다. 그 나방은 쏟아지는 빗물에 미끄러지면서도 어떻게든 붙어 있으려고 발버둥을 치고 있었다. 그러나 날개가 심하게 젖었는지 이내 바닥으로 추락했다. 나방은 뒤집어진 상태에서도 계속 발버둥을 쳤다. 빗방울과 바람은 멈출 기미가 없었다. 바깥에 나가보려고 했지만 돌풍이 계속 불어서 문조차 쉽게 열 수 없었다. 난 유리창 너머의 나방을 계속 지켜봤다. 녀석은 다리는 물론이고 더듬이까지 어떻게든 움직이려고 했으나 얼마 지나지 않아 온몸이 축 늘어졌다. 그리고 눈 깜짝할 사이에 바람과 빗물에 휩쓸려 떠내려갔다. 어떤 정확한 이유를 댈 수 없지만, 이때부터 나는 벌레들과 휴전을 선언했다.

효리 누나, 혼저 옵서예!

"이효리 만나봤어?"

요즘 내 주변 사람한테 가장 많이 듣는 질문이다. 인기 가수 이효리 님은 행정구역상 나랑 같은 애월읍에 살고 있다. 차로 10분이면 갈 수 있는 가까운 옆 동네이기도 하다. 그러나 실제로 이효리 가수님을 만나본 적은 없다. 그녀의 부군께서 G편의점에 등장해 이것저것 생필품을 사러 온 적은 있다고 들었다. 편의점 맞은편에 있는 우리 동네 유일한 튀김 전문집에 이효리 가수님께서 몇 번 다녀갔다는 얘기조차도 그저 지나가는 말로 듣기만 했을 뿐이었다. 언제부턴가 동네에 연예인이 자주 보인다는 소문이 돌기 시작했는데, 내겐 그냥 소문 이상도 이하도 아니었다. 그래도 한 번쯤은 직접 보면 어떨까, 하는 약간의 설렘은 늘 가슴속에 간직하며 지내고 있다.

열대야가 심했던 어느 여름밤, 한적함을 깨고 낯선 남자 손님 두 명이 편의점에 들어왔다. 땀에 푹 젖은 상태에서 맥주와 과자 등 이것저것을 잔뜩 사들였는데 모자를 쓴 사람이 계산을 했고, 다른 사람은 문 앞 시식대에서 땀을 식히고 있었다. 그 문 앞에 서 있던 남자가 어쩐지 낯이 익었다. 분명 모르는 사람인데 친숙한 그런 느낌. 안경을 착용하지 않아서 긴가민가했으나 분명 바로 지난주에 텔레비전으로 봤던 사람이 확실했다. 계산을 마친 뒤 그가 나가려던 찰나에 어렴풋한 기억이 선명하게 드러났다. 〈불후의 명곡〉에서 큰 인기를 얻고 있는 포맨의 신용재였다. 그래도 혹시 모르니까 "포맨의 신용재랑 닮으셨네요!" 하고 조심스럽게 말을 건넸더니, 그가 슬쩍 웃었다. 계산한 분이 그를 뒤따라 나가며 그 사람이 맞다고 확인시켜줬다. 난 "우와!"를 외치며 그가 나간 문을 계속 쳐다봤다.

얼마 뒤 젊은 남녀 관광객이 편의점을 찾아왔다. 그들은 올 때마다 맥주와 과자 등을 잔뜩 사갔는데, 대화 내용이 뭔가 특이했다. "오늘 조명이 어땠어요?" "소품은 어디서 구했어?" "무대가 다르긴 하더라" 등등 일반 관광객에게선 들을 수 없는 내용이었다. 그중 남자분이 돋보였는데 낯이 엄청 익었다. 영화와 드라마, 연극에도 출연한 배우가 확실했다. 그런데 남자 배우의 이름이 도무지 떠오르지 않았다. 서울로 올라간다던 전날까지 그와 마주쳤지만 끝내 이름을 기억해낼 수 없었다. 분명 지금도 어디엔가 출연하고 있을 텐데. (남자 배우님, 꼭 남자라서 이름을 기억하지 않은 건 아닐 겁니다. 나중에라도 이름을 기억하게 되면 꼭 팬카페라도 가입하겠습니다.)

해병대 출신의 남자 가수('호랑나비'를 부른 분은 아님), 여름이면 생각나는 혼성 3인조 그룹 리드보컬, 유명 포크송 가수 등 나랑 같은 읍에 사는 연예인이 꽤 많다고 들었다. 그 밖에도 〈무한도전〉과 〈1박 2일〉 등 여러 유명 프로그램에서 우리 동네를 몇 번 소개한 적이 있다. 특히 문어 라면집(직접 바다에 뛰어들어서 잡은 문어로 사람들의 마음을 빼앗아 버렸다)은 방송 이후 폭발적인 인기를 얻었는데, 그 집 주인장이 우리 편의점 단골손님이었다. 쉬는 날 한번 먹으러 가보니 은행에서만 볼 수 있는 번호표 기계까지 있었다. 오래 기다려서 겨우 라면 한 그릇 먹을 수 있었는데, 주인장은 나를 알아보고 사케 한 잔을 서비스로 줬다. 요즘은 바빠진 게 귀찮을 지경이라며 조만간 편의점에 들르겠다고 했다. 내 지인들은 문어 라면집 주인장이 내가 일하는 편의점의 단골손님이라는 것에 엄청 신기해하고 사인을 받아달라는 요청까지 한다.

남녀노소를 가리지 않고 뜨거운 관심을 받고 있는 밴드 '장미여관'의 보컬 육중완 님께서 점장님이 근무할 때 찾아온 적도 있다. 제주도에 올 때마다 우리 동네는 꼭 들른다고 했다. 점장님이 사인을 해달라고 조심스럽게 부탁하자 '제주에서 만나서 반가워요. 대박 나세요'라는 글귀는 물론 하트까지 정성스럽게 그려줬다. 사인은 누가 와도 잘 보이는 곳에 붙여놓았다. 손님들은 그 사인을 보고는 "장미여관 왔다 갔대!" "우와, 사인 진짜 정성스럽다!" 하며 감탄을 내뱉는다.

관광지도 아닌 평범한 시골 마을의 편의점인데 은근히 많은 유명인사가 다녀갔다. 이들 중 꼭 한 번쯤 만나고 싶은 사람은 역시 이효리 가수님이다. 종종 우리 마을까지 내려오신다던데 같은 동네 사람끼리 인사 정도는 나눌 수 있지 않을까, 라는 소박한 생각을 해본다.

이효리 누나, 언제든지 우리 편의점에 놀러 오세요. 동네 동생으로서 언제든지 환영합니다!

햇빛 달라고 햇빛!

제주는 삼다도다. 돌, 바람, 여자가 많아서 그렇게 불려왔지만, 이젠 아니다. 공식적인 통계로 제주도는 여자보다 남자가 조금 더 많다. 요즘은 걱정 섞인 우스갯소리로 삼다도는 돌, 바람, 중국인이 많다는 뜻이라고들 한다. 제주도는 우리나라에서 유일하게 무비자 입국이 가능한데, 무엇보다 관광지라서 중국인의 방문이 심각할 정도로 많다. 제주도에 5억 원 이상 투자하고 5년 이상 거주하면 영주권이 부여되는 제도가 있어서 투자 이민을 하려는 중국인의 숫자도 만만치 않다. 곳곳에 개발이 진행되고 있고, 땅도 엄청나게 팔려나가는데 대부분 중국 자본이 들어온 것이다. 제주도 사람들은 중국인이 제주도 땅을 모두 사들이는 건 아닌지, 심각한 우려를 하고 있다. 종종 거리 전체가 중국인으로만 뒤덮여서 한국이 아닌 느낌이 들 때도 있다.

평소 수학여행단을 유치해온 근처 콘도는 방학 시즌이 되면 중국인 관광객으로 그 자리를 대신 채웠다. 콘도에서 제일 가까운 G편의점은 중국인을 최전선에서 맞이했다. 최소 대여섯 명에서 많을 땐 스무 명까지 한꺼번에 몰려오는 게 보통이었다. 난 '셰셰謝謝'가 중국말인지도 모르고 지냈던 사람이다. 이런 상황에서 중국인을 맞이한 나는 입이 바싹 마르고 말았다. 매장 배경음악과 전화 벨소리를 단번에 묻어버릴 만큼 큰 소리로 대화하는 그들의 말이 하나도 들리지 않았다.

나를 혼란에 빠뜨린 건 중국인 관광객이 당연한 듯 중국어로 질문할 때였다. 그들은 차분하고 낮은 어조로 최대한 '한국말스러운' 중국말을 사용했고, 난 한껏 높아진 목소리로 눈을 부릅뜨고 과장된 몸짓을 하며 '중국말스러운' 한국말로 대답했다. 분명 대화를 주고받았으나 서로 가슴만 연신 두드릴 뿐이었다. 급기야 그들은 어떻게 중국말도 모르냐는 듯 얼굴을 잔뜩 찡그렸고, 난 왜 기본적인 한국말도 안 배우고 놀러 왔냐며 활짝 웃는 얼굴로 짜증을 냈다. 결국 손짓, 발짓, 눈짓을 동원한 가장 원초적인 동작으로 겨우겨우 의사소통을 했지만, 그마저도 만족스럽지 못했다.

간혹 영어를 아주 뛰어나게 잘하는 중국인도 있었다. 그럴 때 그나마 약간의 소통이 가능했다(내 영어 실력은 초등학생 수준에서 개헤엄 중이지만). 영어를 잘하는 그들도 역시나 중국말스럽게 영어를 하거나, 결국은 모국어로 답답함을 토로하다가 되돌아갔다.

중국인 관광객들은 한꺼번에 몰려와서 편의점을 두루두루 살펴보았지만, 정작 바나나 우유 한 개나 신라면이나 우육탕처럼 한자가 들어간 컵라면 몇 개를 사는 게 전부였다. 간혹 바나나 우유나 소시지를 싹쓸이하는 중국인 손님이 있었지만, 한국인 관광객들에 비하면 매출은 미미했다. 그래도 손님은 손님, 명색이 편의를 제공하는 편의점이니 할 수 있는 한 최고의 서비스를 제공하고 싶었다. 그리하여 야심 차게 중국어를 배우기로 마음먹고 사비로 교재까지 구입했다. 그러나 한자를 본 순간 체내에서 자연산 마취 효과가 발생했다. 문제의 교재는 집에서 라면 받침대로 유용하게 잘 쓰고 있다.

쓰나미처럼 몰려오는 중국인 손님 때문에 하루하루가 긴장의 연속이었고, 그만큼 피로가 쌓여갔다. 중국인 관광객을 유치한 콘도에 전화를 걸어 통역관을 보내달라 했으나, 자신은 모르는 일이라며 딱 잡아떼고 나중에는 아예 전화도 받지 않았다. 편의점 본사에 중국어 안내판이나 간단한 접대용어 안내서 지원을 요청했지만, 준비되면 주겠다는 대답만 돌아왔을 뿐 한 해가 지난 지금까지도 준비 중인 듯하다.

하루는 출근과 동시에 다리가 굳은 적도 있다. 편의점이 대형마트 못지않게 사람들로 빼곡했는데, 모두 중국인이었다. 한국인 손님 중 일부는 허옇게 질린 얼굴로 문 앞에서 황급히 발길을 돌리기도 했다. 그들은 물건을 이것저것 집었다가 놓는 건 물론, 그동안 만났던 어떤 중국인보다 질문이 많았다. 물론 무슨 말인지 하나도 알아들을 수 없어 그저 굳어버린 미소로만 응대했다. 그들이 결제수단으로 카드를 내밀었을 때 소란은 소요 수준으로 올라갔다. 포스기는 사용할 수 없는 카드라고 결제를 거부하고, 그들은 포스기를 거부하며 눈을 뒤집었다. 자칫 서로 멱살까지 잡을 뻔했던 상황은 바깥에 있던 통역관이 등장하면서 갑작스럽게 진정됐다. 결제 불가 카드를 냈던 중국인은 현금으로 계산한 뒤 밖으로 나갔다. 이어서 20분 정도 물건을 고르던 한 중국인 손님이 다가와 당연한 듯 중국말로 물어왔다. 좀처럼 무얼 원하는지 알아들을 수가 없었다. 보디랭귀지로도 의사소통이 되지 않자 그가 바깥에 나가 담배를 피우고 있던 통역관을 불러왔다.

"뭔데? 뭔가 문제야!"

대뜸 내게 짜증스럽게 말하는 이 통역관. 한국말을 사용했지만 낯설고 억센 억양이 조선족 느낌이었다. 그는 그 중국인 손님과 잠시 대화를 주고받더니 눈을 잔뜩 치켜세웠다.

"햇빛 달라고, 햇빛! 그것도 몰라?"

달이 청청한 새벽녘에 뜬금없이 햇빛을 달라니. 햇빛은 날 밝으면 하늘에서 찾으라고 대답했다가 그에게 멱살을 붙잡힐 뻔했다.

"햇빛, 바르는 거!"

이 말에서 나는 겨우 선크림을 유추해냈다. 통역관은 "햇빛도 모르나!" 하고 큰소리로 면박을 줬다. 그날 나는 밤새 어깨 결림과 편두통을 겪어야만 했다. 그 증상을 더 격화한 사건이 있었는데, 때는 여름의 막바지 무렵이었다. 낯선 중국인 여자 세 명이 온몸을 비틀거리며 편의점에 들어왔다. 그나마 다행이었던 건 나와 비슷한 수준의 영어가 가능했다는 점. 계산할 때까지는 큰 무리가 없었다. 그러나 한 여자가 계산이 끝나고도 갈 생각을 하지 않았다. 대뜸 영어로 내 이름과 나이를 묻더니, 자신의 이름과 나이를 말해주는 것이 아닌가. '핸섬'이란 단어를 수차례 사용하며 계속 자신과 술 한잔 하자고 내 손을 잡아당겼다. 나는 '노!'와 '쏘리'를 거듭하며 '바이바이'라는 인사와 함께 서둘러 그들을 내보내려 했다. 나머지 두 사람은 가려고 했으나 내게 이름을 물었던 그 여자는 계속 버티고 있었다. 마침 술 한잔이 그리워 편의점을 찾아온 동네 형 일행이 중국인 손님을 야외 테이블로 정중히 모셔 갔다. 여기서 일이 무사히 마무리될 줄 알았다.

동네 형의 여자친구가 편의점에 들어와 화장실을 쓸 수 있냐고 물었다. 내가 먼저 화장실에 가서 문을 열어줬는데, 그때 "악!" 하는 소리가 들려왔다. 갑작스러운 괴성에 깜짝 놀라 급히 계단을 내려오니 편의점 건물과 옆 건물 사이에 난 좁은 골목에서 수돗물이 콸콸 쏟아지는 소리가 들렸다. 발밑에는 정체불명의 거품으로 가득한 액체가 다가오고 있었다. 의문의 액체가 흐르는 진원지는 어둠 속에 웅크리고 있는 사람이었다. 휴대전화로 불빛을 비추자 낯익은 얼굴이 보였는데, 별로 보고 싶지 않은 자세로 남은 볼일을 태연히 마무리하는 중국인 그녀였다. 나도 모르게 "악!" 하고 소리를 내지른 뒤 도망치듯 급히 편의점으로 돌아와 신발 끝에 묻은 액체를 휴지와 걸레로 긴급히 닦아냈다.

잠시 후 다시 편의점으로 들어온 그녀는 다른 물건을 사면서 영어로 무어라고 계속 말을 걸었다. 난 들리지 않았다. 듣고 싶지도 않았다. 악수하자며 손을 내미는 그녀에게 나는 진심이 500% 섞인 말투로 "노!"를 강하게 외쳤다.

그 일을 계기로 지금도 난 그 골목을 거들떠보지도 않는다. 더불어 중국인 여자가 다가오면 이유를 불문하고 뒷걸음질 치는 버릇이 생기고 말았다.

여름 감기는 개도 안 걸리는데, 멍멍

마침내 그들이 등장했다. 김 사장은 물론 편의점 알바생들에게 긴장의 발차기를 날리는 '재고조사팀'이다. 본사는 보통 석 달에 한 번씩 재고조사팀을 보낸다. 오전이나 오후 시간에 맞춰 등장한 이들은 매장에 있는 모든 물건의 개수를 일일이 세었다. 예리한 눈빛 레이저를 쏘며 츄파춥스 낱개까지 정확히 세는 그들과 눈이라도 마주치면 괜히 잘못이라도 한 듯 움찔했다. 재고조사팀이 오는 날만큼은 김 사장도 바쁜 일을 모두 제쳐두고 매장에 나왔다. 그들이 폭풍처럼 떠나간 뒤 며칠이 지나 결과가 나왔는데, 김 사장의 한숨이 편의점을 온통 뒤덮었다.

"도대체, 이번에는 또 왜!"

그렇다. 이번에도 또 재고 차이가 생겼다. 본사는 각 점포에 매달 한 번씩 정산금을 준다.(이날이 내 월급날이기도 하다.) 이때 영업비와 더불어 감가상각비 비슷한 개념으로 재고충당금을 따로 빼놓는데, 이 재고충당금은 재고조사 뒤에 온전히 남으면 그때야 되돌려 준다. 부족한 재고가 충당금을 훨씬 넘어가면 경영주가 부담한다. 물론 원가 기준으로 부담한다지만, 그것도 개수가 많으면 통장 잔고를 확인하고 싶지 않을 정도일 것이다.

삼각김밥이나 빵 종류는 원가가 낮아서 큰 부담이 없었지만, 순수익이 10% 미만인 담배는 한 갑만 사라져도 혼란을 가져왔기에 매일 재고를 파악했다.(담배는 수십 가지 종류가 있다. 개수로는 2천 개가 넘는 담배를 야간 알바생이라는 이유로 내가 세야 했다.) 담배만큼 문제가 되는 것이 바로 소주와 맥주 같은 주류다. 이들은 편의점 매출에 적지 않은 비중을 차지하면서 원가가 만만치 않았다. 특히 맥주는 용량이 많은 페트병이거나 수입 맥주면 더욱더 손실이 컸고, 양주는 하나라도 사라지면 김 사장을 공황 상태에 빠뜨렸다. 김 사장이 뒷목까지 잡으며 한숨을 내쉰 건 바로 재고 차이가 많이 난 주류 때문이었다. 페트병 맥주는 물론 캔맥주과 수입산 주류도 꽤 많이 사라졌다. 이건 알바생이 계산을 잘못했다거나(가령 포스기에 두 개를 입력해야 하는데, 하나만 입력하거나 아예 입력조차 하지 않거나) 아니면 손님 중 누군가 혹은 알바생 중 한 사람이 슬쩍했다는 것으로밖에 보이지 않았다. 간혹 물건이 들어올 때 검수를 제대로 하지 않아 장부보다 적게 들어온 걸 지나칠 때도 있지만, 그건 극히 드문 일이었다.

문화상품권도 실종돼 김 사장을 더욱 분노에 빠뜨렸다. 문화상품권은 순수익이 거의 없는 서비스 상품으로 바깥 매대에 두지 않고, 카운터 아래 서랍 안에 보관하고 손님이 필요한 만큼 꺼내 준다. 문화상품권이 사라졌다면 원가도 따로 없이 부족한 액수만큼 보충해야 했다. 재고조사 때마다 김 사장과 나는 사라진 문화상품권 찾기에 돌입했다. 문화상품권은 편의점 근무자가 아니면 직접 건드릴 수 없어서, 나 역시도 잠재적 용의자 중 하나가 된 것이나 다름없었다. 결국 손님이 뜸한 새벽에 GOT로 문화상품권 판매내역을 일일이 살펴보고, 그걸 토대로 CCTV를 되돌려 보며 대조했다. 고의로 그랬다면 절대 가만둘 수 없다고 김 사장은 이를 빠득빠득 갈았다. 그러나 안타깝게도 며칠 동안 대타로 나왔던 알바생이 손님에게 문화상품권 한 장을 더 꺼내 준 실수로 밝혀졌다. 주말 근무 알바생도 같은 실수를 저질렀다.

재고조사팀이 다녀간 뒤 정산금이 나왔는데, 김 사상이 가져갈 수 있는 돈은 거의 한 푼도 없었다. 이를 계기로 김 사장은 특단의 결정을 내렸다. 바로 재고 실종 방지작전. 매출도 많이 올라야 하지만 궁극적으로 돈을 벌려면 새어 나가는 돈부터 막는 것이 중요하다는 이유였다. 그리하여 김 사장은 내게 원치도 않은 막중한 임무를 선사했다. 담배뿐만 아니라 맥주와 양주, 문화상품권과 그 밖의 물건도 재고를 매일매일 살펴보라고 했다. 담배 재고 파악은 보통 한 시간이 넘게 걸렸다(처음에는 두 시간이 훨씬 넘게 걸렸다). 일일이 개수를 세다 보면 눈의 피로가 급격히 깊어지는 증상이 발생했다. 맥주는 담배보다 물량은 적었지만 냉장고 안에 꽤 오래 들어가 있어야 했다. 편의점 냉장고가 일반 가정용 냉장고와 똑같을 것이라고 생각하면 꽤 섭섭하다. 냉장고 내부 천장에는 은색의 큰 통이 있고, 선풍기 날개처럼 생긴 세 개의 대형 냉각팬이 어마어마한 속도로 냉기를 뿜어대며 멈추지 않고 돌아간다. 잠깐 들어갈 때는 그 위력을 선뜻 느끼지 못할 수도 있다. 그러나 1분만 지나면 콧물이 절로 흘러내리고 온몸이 부르르 떨렸다. 음료수나 물건이 비었을 때 최대한 빨리 채워 넣고 후다닥 나오는 게 중요한데, 맥주 재고를 일일이 세자니 안에 있는 시간이 길어졌다. 게다가 그사이 손님이 언제 올지 모르니 냉장 음료 진열장 너머로 매장 내부를 수시로 확인해야 했다. 가끔 나도 모르는 사이에 들어온 손님이 냉장고 문을 열다가 음료수 너머에 있는 나와 눈이 마주쳐 기절초풍한 일도 두어 번 있었다.

멈추지 않는 콧물을 삼키고 닦으며 맥주를 살펴봤다. 간혹 한두 개 사라졌다 싶으면 처음부터 또다시 세어야 했다. 냉장고 안에서 흘러나오는 콧물과 눈물을 삼키기 위한 고독한 사투가 벌어졌다. 맥주 재고를 세기 시작한 건 여름 무렵이었는데, 냉장고에만 들어갔다 나오면 아무리 더운 날이라도 따뜻한 커피가 꼭 필요했다. 특히 새벽에 들어간 냉장고는 '냉동'이란 단어로 바꿔도 결코 과하지 않았다. 덕분에 여름을 지나 가을까지 감기를 달고 살았다. 김 사장에게 이건 산업재해라고 강력히 주장하자 자신이 먹다 남은 코 감기약과 쌍화탕을 건네줬다. (물론 쉬는 날 따뜻한 국밥을 따로 사주긴 했다.) 새벽에 찾아온 손님들은 내가 냉장고에 들어가는 걸 무척 좋아하는 줄 알았고, 어떤 손님은 냉장고에서 갓 탈출한 내게 시원한 음료수를 사주기도 했다. 그해 여름, 나와 감기는 죽마고우처럼 지독하게 붙어다녔다. 나중에는 내가 감기에 걸린 건지 아니면 비염에 걸린 건지 헷갈릴 정도였다.

냉장고 내부는 넓지만 사람이 다니기엔 통로가 좁았다. 손님이 오는 소리에 재빨리 밖으로 나오다가 얼굴이나 손등, 팔뚝을 부딪쳐서 상처가 난 일도 꽤 많았다. 이때도 난 산업재해를 주장했지만, 김 사장은 '특별히' 방수 기능이 있는 일회용 밴드를 건네줬을 뿐이다. 다행히 다음 재고조사 때 주류 재고 차이는 거의 없었다. 김 사장의 한숨은 조금 짧아졌으나 나의 콧물과 재채기는 그칠 줄 몰랐다. 에취!

거긴 소시지가 있을 자리가 아니지

출근길은 어두웠고 한적했다. 걷다가 낯선 그림자가 등장하면 깜짝 놀라곤 했다. 그날이 그랬다. 먹구름이 하늘을 가려서 여느 날보다 훨씬 거리가 어둡게 느껴졌다. 공중전화 부스 옆을 지나가는데 갑자기 사람이 튀어나왔다. 나도 모르게 욕을 뱉을 뻔했다. 특별히 나를 습격하려고 그런 게 아닌 듯했고, 제 몸 하나 못 가누고 비틀거리며 지나가던 젊은 남성 취객이었다. 난 그때까지만 해도 몰랐다. 그와 그토록 깊은 인연이 생길 줄은.

편의점에 도착하니 중국인 관광객들이 가득했다. 나와 교대할 알바 형은 반쯤 넋이 나가 있었다. 서둘러 카운터로 들어가 형과 함께 중국인 관광객을 상대했다. 중국인 손님만 가득한 편의점에 드디어 한국인 손님이 한 분 들어왔다. 그는 넘어질 듯 아슬아슬하게 비틀거렸는데,

자세히 살펴보니 조금 전 공중전화 앞에서 나와 가벼운 충돌이 있었던 그 취객이었다. 그가 좌우로 꼬이는 스텝을 선보이며 중국인 손님들 사이를 요리조리 피해 삼각김밥 코너 앞까지 갔다. 알바 형과 나는 공간을 반반 나눠 중국인 손님들의 동태를 유심히 살폈다. 종종 손버릇이 바람직하지 않은 중국인 손님이 적지 않다는 얘기를 이미 들었던 터였다. 더불어 그들 틈에 있는 취객도 집중 감시 대상이었다. 그 취객은 삼각김밥과 핫바가 있는 냉장고 앞에서 계속 서성거렸다. 특히 고갯짓으로 주변을 경계하는 모습이 계속 내 눈에 거슬렸다. 방범용 반사거울로 그를 주시했지만, 요란한 움직임을 선보이는 중국인들 때문에 그를 집중해서 살펴볼 수 없었다. 중국인 손님이 가져온 물건을 계산하는 중, 그 취객은 유유히 편의점을 빠져나갔다. 그런데 바로 그때, 알바 형이 내 어깨를 다급하게 툭툭 쳤다.

"어, 저, 저거 우리 햄버건데!"

형이 팔을 들어 가리킨 곳은 취객의 주머니였다. 자세히 보니 G편의점 전용 햄버거 포장지가 주머니 밖으로 살짝궁 삐져나온 상태였다. 형은 곧장 카운터 위를 공중 부양하듯 뛰어넘어 도망치듯 바깥으로 나간 취객의 뒷덜미를 붙잡았다. 그러나 고성이 계속 오갈 뿐 그를 완벽히 제압하진 못했다. 결국 계산 중이던 내가 중국인 손님에게 양해를 구하고 밖으로 나갔다. 그 취객은 무아지경의 팔 휘젓기로 강력 방어 태세를 유지했다. 난 차분히 지켜보다가 빈틈에 손을 넣어 그를 사로잡았다. 형은 그의 바지 주머니에서 햄버거와 삼각김밥, 구운 달걀 등을 빼냈다. 그 취객은 다른 곳에서 산 것이라며 내 고막에 고음 공격으로 맞섰다. 그러나 그것들은 모두 G편의점에만 팔거니와 심지어 전날 내가 직접 받아서 정리한 제품들이었다. 재차 확인한 결과 삼각김밥을 진열해둔 냉장고가 텅 비어 있었고, 그나마 남아 있는 것들은 매대에 난삽하게 흐트러져 있었다. 혐의가 확실한 그에게 일단 안으로 들어와서 평화롭게 대화를 나누자고 권유했다. 그러나 그는 박치기까지 불사하며 평화 협상안을 적극 거부했다.

"손님, 안에 들어와서 대화를 나눠보시죠. 어서요."

나는 편의점 안으로 들어가서 얘기하자고 정확히 세 번이나 '서울말스럽게' 타일렀다.

"난 안 그랬다니까 그러네!"

그 취객은 혀가 꼬인 말투로 끝까지 자신의 범행을 완강히 부인했다. 그걸로 모자라 명예훼손으로 나를 고소하겠다며 으름장을 놓았다. 오죽 배가 고팠으면 먹을 것까지 훔쳤겠느냐는 나의 이해심과 동정심은 순식간에 전면파업을 선포했다. 나는 곧장 그의 팔을 거칠게 붙들고 건너편 파출소로 향했다. 그는 잠시 몸부림을 치다가 갑자기 뜬금없이 내 어깨에 뽀뽀를 하며 기댔다. 난 이것을 강력한 도발로 간주, 파출소로 그를 더 강하게 이끌었다.

"왜 이래, 우리 이러지 말자."

"언제 봤다고 우리래!"

파출소에 들어서자마자 난 경찰에게 자초지종을 간략하게 설명했다. 그리고 마지막 한 줄기 미세하게 남아 있는 나의 평화 본능을 일깨워 처벌 대신 보호자를 불러 귀가시켜 달라고 요청했다. 삼각김밥과 햄버거, 구운 달걀을 훔친 정도로 형사 처분까지 바라진 않았다. 그때까지만 해도 말이다.

경찰과 함께 몸수색을 하자 내가 미처 찾아내지 못한 삼각김밥과 햄버거가 더 나왔다. 그것도 바지 허리춤에 앞뒤로 숨긴 것들이었다. 핫바와 안주용 맛살도 두 개씩 더 나왔다. 심지어 주머니 깊숙한 곳에서는 갑자기 날달걀이 툭 하고 튀어나왔다.

"아무래도 입건해야겠네."

경찰은 고개를 내저었다. 그는 스스로 아무런 죄가 없다고 돌고래 초음파 고성을 발사했다. 그러다가 갑자기 제발 자신의 부모님만큼은 부르지 말라고 허리를 숙이더니 무릎을 꿇었다. 정작 미안하다는 말은 한마디도 없었다. 결국 진술서에 있는 그대로 상세히 작성할 수밖에 없었다. 그 와중에도 삼각김밥과 햄버거가 또 나왔다.

진술서를 작성한 뒤 마지막으로 내가 직접 그의 몸을 수색했다. 옷 위를 가볍게 툭툭 두드린 다음, 바지 주머니에 손을 깊숙이 넣었다. 그때 손끝에 미세하게 잡히는 것이 있었다. 바로 씨름 선수 그림이 그려진 간식용 소시지. 크기와 촉감만으로도 알 수 있었다. 그러나 어찌된 것이 그 소시지는 그의 바지 주머니에서 좀처럼 나오지 않았다.

"소시지 내놔!"

이미 짜증과 분노가 머리끝까지 치밀어 오른 상태라 존댓말과 고운 목소리는 절대 나오지 않았다. 그는 뭘 내놓느냐며 안하무인으로 버티고 있었다. 난 다른 손으로 길다란 소시지를 잡고 당겼다. 그러자 경찰이 아연실색한 얼굴로 다가왔다.

"일바야, 아무리 화가 나도 그건 아니지!"

"그런 게 아니고, 엄청 중요한 겁니다!"

"그래, 중요한 걸 네가 왜 그래."

"아니, 그게 아니라니까요. 이보쇼, 좋은 말 할 때 빼라고!"

소시지는 그의 중요한 부위 쪽으로 튀어나와 있었다. 아무리 바지 겉 부분이라도 절묘한 위치에서 내 손이 소시지를 잡고 있으니 얼핏 보면 분노한 알바생이 술 취한 남자의 '그것'을 잡아당기며 학대하는 것처럼 오해할 상황이기도 했다. 나 역시도 제대로 잡은 것인지 잠시 헷갈리긴 했다.

"거긴 잡으면 안 된다니까!"

"이건 소시지입니다!"

내가 소시지를 붙잡고 거칠게 끌어당기며 흔들자 경찰은 식은땀을 연신 흘리며 이러다가 큰일 난다고 성화였다. 그런데 갑자기 바지 아래로 소시지가 툭 떨어졌다. 그제야 경찰은 땀을 닦으며 자리에 앉았고 그는 내 얼굴을 올려다보며 미안하다고 중얼거리듯 말했지만, 미안해서 해결될 상황은 아주 지나가버린 일이었다. 나는 경찰에게 법대로 처벌해주길 부탁드린다는 인사와 함께 파출소에서 나왔다. 그의 신체 곳곳에 숨겨둔 물건들은 포장이 뜯겨지거나 내용물이 손상되는 등의 여러 문제가 있어서 모두 쓰레기통에 버렸다. 특히 은밀한 곳에 들어갔

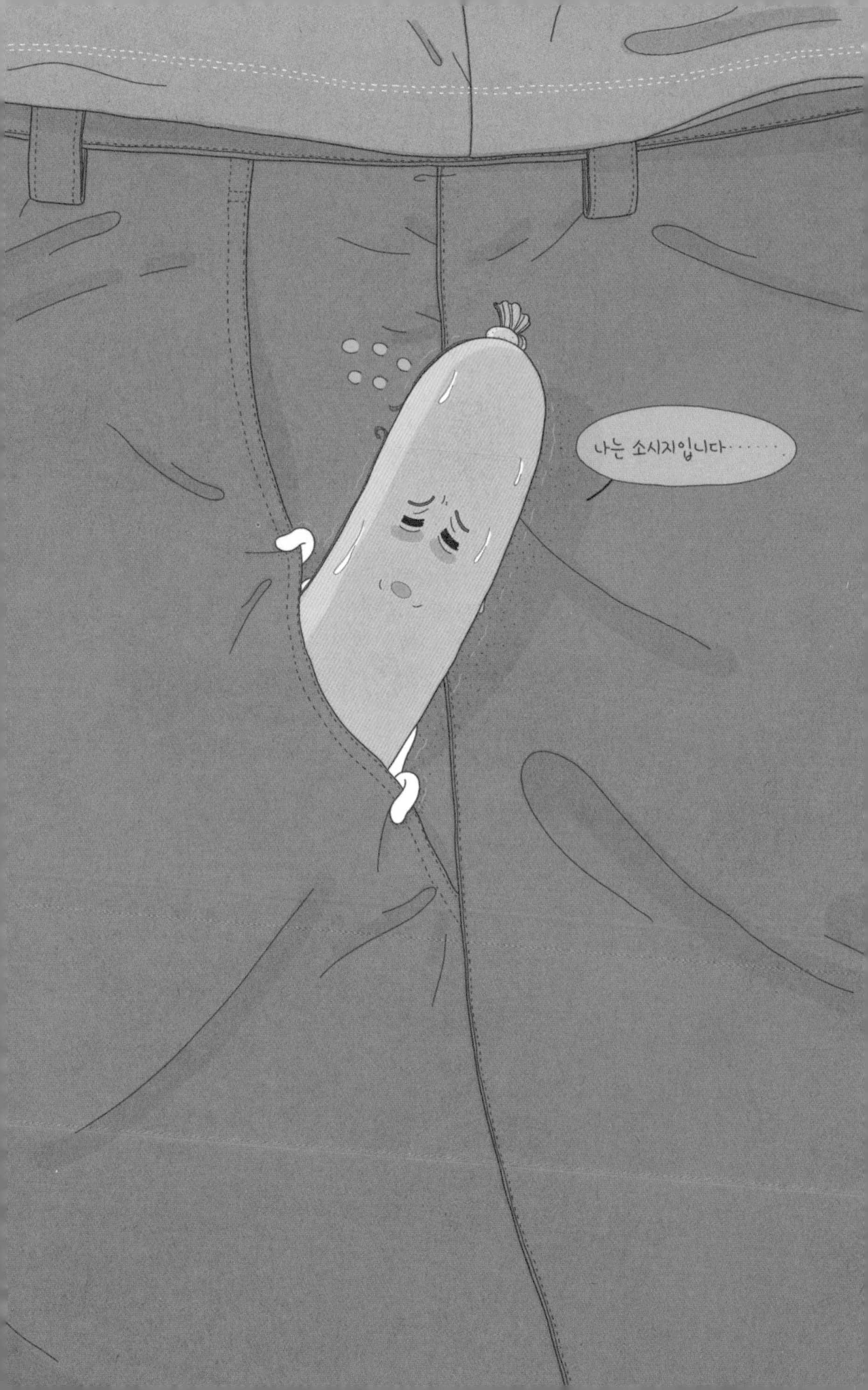
나는 소시지입니다……

던 소시지는 발로 뻥 걷어찼다.

그 이후 문자 메시지를 통해 사건이 경찰에서 검찰로 넘어가고, 검찰이 법원에 기소했다는 사실까지 알았다. 사과는커녕 그가 얼굴 자체를 비추지 않았기에 큰 신경을 쓰지 않고 지냈다. 몇 달이 훌쩍 지나 그 사건이 잊혀질 즈음에 뜻밖의 일이 생겼다. 내가 출근할 때쯤 어떤 사람이 나를 만나러 편의점에 찾아왔다고 했다. 그분은 이미 나와 알고 지내던 분이었는데, 서로 다른 동네에 살고 있었고 내가 여기서 근무한다는 얘기도 한 적이 없었던 터라 그의 등장에 꽤 많이 놀랐다. 나만큼이나 그분도 꽤 놀란 듯 눈을 크게 뜨더니 이내 입가에 미소를 지었다.

"자네였어?"

나를 그토록 찾은 이유를 알고 보니 그분이 바로 그 취객의 아버지였던 것이다. 잠시 머뭇거리던 그분은 조심스럽게 서류 봉투를 내밀었다. 그 속에는 검찰의 약식기소 서류와 그걸 불복하여 정식재판을 청구한 서류가 함께 들어 있었다. 그분은 아들이 잘못한 건 인정하지만 형편이 어려워서 벌금을 조금이라도 줄여보고자 하니 합의를 해달라고 했다. 난 애써 웃어 보였지만 표정 관리가 쉽지 않았다. 그 취객이

미성년자도 아니고, 당사자가 오지는 못할망정 연세가 지긋한 부친이 대신 와서 사과하고 합의를 써달라고 부탁하는 그 상황 자체가 썩 이해하기 쉽지 않았다. 그러나 밤중에 먼 길을 찾아오셨고, 무엇보다 얼굴을 익히 잘 아는 분이라 우선 그러겠다고 했다.

며칠 뒤 그분은 아들을 데리고 우리 집에 찾아왔다. 그때 그 취객은 너무 만취해서 저지른 실수였다고 했다. 그 일이 있은 뒤 경황이 없어 직접 사과할 생각은 미처 못했다며 늦었지만 지금이라도 사과를 받아달라며 무릎을 꿇었다. 솔직히 그는 자신이 무얼 잘못한 건지 모르는 눈치였다. 그러나 합의서를 들고 편의점까지 찾아온 아버지의 축 처진 어깨를 떠올리며 합의서에 도장을 찍었다.

이상하게 요즘도 물건을 정리하다가 소시지만 보면 괜히 뒷목이 당긴다.

다시 와,
기다리고
있을게!

아, 설레면 떠나는구나

주변 사람들의 얘기를 들어보면 편의점이나 커피숍 등에서 일하는 알바생이 예쁘면 한 번쯤 말을 걸고 싶은 마음이 든다고 했다. 그중에는 번호를 주고받는 적극성을 보이는 사람도 있었다. 실제로 그렇게 연인으로까지 발전한 사례가 내 주변에 여럿 있다. 난 그렇게까지 해보지 않았으나 어디든 예쁜 알바생이 있으면, 한 번쯤 발길이 더 닿았던 건 부인할 수 없는 사실이다.

반대로 알바생이 먼저 예쁜 손님에게 말을 걸거나 전화번호를 물어보는 경우도 적지 않다. 하지만 난 그런 적이 거의 없다. 물론 아리따운 여자 손님이 오면 "봉지에 담아 드릴까요?" "빨대나 나무젓가락 필요하세요?" "전자레인지에 돌려드릴까요?" "필요하신 거 있으면 말씀만 하세요!" 등등 과다 친절을 적극 발산하곤 했다. 평범한 손님이 나의 신상을 물어오면 시큰둥한 면이 없지 않아 있었으나, 반대로 예쁜 여자 손님이 물어오면 굳이 안 물어본 것까지 알려주는 친절도 선보였다.

그러던 어느 날 벌레들과 최첨단 무기로 전투를 치르고 잠시 쉬는 중이었다. 깊은 새벽이라 손님은커녕 거리에 사람이 없었다. 메밀차 한 잔으로 피로를 달래려던 찰나에 손님이 들어왔다. 대학생처럼 보이는 낯선 여자 둘이었다. 그들은 편의점 안을 한참 두리번거리더니 라면과 즉석 스파게티를 골랐다. 전자레인지를 돌리는 사이 그 손님 중 한 명이 내 앞으로 바짝 다가왔다.

"몇 살이에요?"

뜬금없고 단도직입적인 질문에 몰려왔던 졸음이 확 달아났다. 자연히 그녀의 얼굴을 쳐다보았는데, 계란형 얼굴에 동그랗고 깊이 있는 눈, 오뚝한 콧날에 불그스름한 입술, 긴 생머리까지 남자들이 좋아할 만한 청순한 스타일이었다. 그녀는 카운터 바로 앞에 자리를 잡고 스파게티를 먹으면서 내게 학교는 어디를 다니는지, 제주도에서 얼마나 살았는지 등등 이런저런 사소한 질문을 멈추지 않았다. 아예 테이블에 함께 앉자고 권하기에 굳이 거부하지 않았다.

대학생인 그녀는 이번에 친구와 함께 처음 제주도로 여행을 왔다고 했다. 근처 콘도에 숙소를 잡고 제주도 이곳저곳을 다녀봤으나 생각보다 만족스럽지 못했다는 얘기를 털어놨다. 난 그녀에게 제주도를 제대로 여행하는 법을 세세하고도 친절하게 안내했다. 내일은 쉬는 날이니 직접 관광 안내를 해주겠다는 호의를 자처하고 싶었다. 그러나 아침 해가 뜨면 제주를 떠나야 한다는 그녀의 말에 어깨에 힘이 쭉 빠지고 말았다. "진작 여기를 알고 찾아왔어야 했는데!" 하는 그녀의 얼굴에서 아쉬움이 잔뜩 묻어나왔다. 중간에 눈치 없이 진상 손님이 등장해 액션 영화를 찍을 뻔했던 상황을 그녀가 까칠한 도시 여자 포스로 깔끔히 내쫓았을 땐 정말이지 사랑스러워 보이기까지 했다.

몇 시간 동안 이어진 대화는 몇 분처럼 훌쩍 지나갔다. 그녀는 비행기 시간 때문에 돌아가야 한다고 했다. 난 이대로 그녀를 보내야 하는 현실을 애써 회피하고 싶었다. 그녀는 떠나면서 자신의 연락처를 먼저 알려줬다. 나도 망설이지 않고 내 연락처를 그녀에게 줬다.

그 후로 나는 그녀에게 제주도를 언제쯤 다시 올 것인지, 그녀는 내게 서울에 언제 놀러올 것인지를 물어보며 종종 연락을 주고받는다. 과연 그녀와 내가 다시 만날 날이 올까?

NH
애월농협

Friendly
Fresh
Fun
G 편의점
축! 개점 25주년
Cafe
Cafe
50

김 사장 장가가는 날

봄의 절정에 가까울 때쯤 편의점에 청첩장이 날아왔다. 누군가에겐 일생에 단 한 번뿐인 결혼, 그 주인공은 바로 우리의 김 사장이다.

내가 편의점에서 알바를 시작할 때부터 김 사장의 연애는 한창 무르익어 있었다. 그쯤 그와 함께 간 사우나에서 실오라기 하나 걸치지 않은 두 남자의 심각한 인생 논의가 이어졌다. 난 집안 걱정과 앞으로 내가 과연 글을 계속 쓸 수 있을지, 공부를 계속 할 수 있을지 등 여러 고민을 털어놨다. 김 사장도 집안 걱정은 물론 편의점 운영에 대한 깊은 고민이 있었지만, 그보다 더 중대한 건 바로 결혼 문제였다. 그에겐 3년 동안 만나온 여자친구가 있었는데, 양쪽 집안 모두가 하루빨리 합치길 바라던 터였다. 공무원인 여자친구와 달리 이제 막 편의점을 시작한 김 사장이 고민하는 건 당연한 노릇이었을 것이다. 한 점포당 순수익으로 가져가는 돈이 알바생인 나보다 적었으니, 그에겐 결혼이 만만치 않은 부담이었을지 모르겠다. 과연 결혼을 해도 괜찮을지 심각하게 고민하는 김 사장의 어깨는 평소보다 축 늘어져 있었다.

"내가 잘할 수 있을까?"

고민하는 그에게 난 무조건 해보라고, 잘해낼 것이라는 영혼 없는 대답은 하지 않았다. 다만 결과를 끝까지 책임질 사람이라는 걸 충분히 믿는다고 말했다. 김 사장은 내 어깨에 손을 얹고 그저 옅은 미소만 띄웠다. 그러고 몇 달 뒤에 마침내 김 사장이 청첩장을 보내온 것이다. 그는 다른 사람은 몰라도 띠동갑 누님과 나는 무조건 참석해야 한다며, 그러지 않으면 평생 두고두고 섭섭할 것이라는 협박 비슷한 초대의 말을 보탰다. 결혼식은 띠동갑 누님과 내가 쉬는 토요일에 있었고, 평소 김 사장과는 형 동생처럼 지내왔던 터라 더더욱 빠질 수가 없었다.

결혼식장은 제주 시내에 있는 골프장 겸 대형 연회장이었는데, 시내에서도 아주 외진 곳이라 버스로 갈 수 없었다. 결혼식 당일 아침에 띠동갑 누님과 함께 버스를 타고 시내까지 나간 뒤, 곧장 택시로 갈아탔다. 요금이 만 원 정도 나올 때쯤 도착한 곳은 특급 호텔과 비슷한 느낌의 연회장이었다. 건물 안에는 말쑥하게 차려입은 사람들로 가득했다. 2층으로 올라가는 계단 앞에 김 사장과 여자친구 누님이 함께 찍은 커다란 사진이 담긴 안내장이 보였다. 계단에서 지인들과 얘기를 나누는 김 사장도 보였다. 옷이 날개라는 말처럼 머리부터 발끝까지 제대로 꾸민 모습이 아주 딴사람 같았다. 인물이 제대로 살아났다는 나의 칭찬에 김 사장은 "너도 양복 입고 다니니까 사람이 달라 보인다야!" 하고 화답했다. 평소 후줄근한 옷만 입고 다니다가 몇 년 만에 처음으로 양복을 입은 게 김 사장 결혼식 덕분이긴 했다.

김 사장과 함께 신부 대기실을 찾아갔다. 평소 공무원답게 단정하거나 동네 산책 나온 듯 평범한 차림으로만 몇 번 봤던 터라, 딴사람으로 착각할 정도였다. 김 사장은 드레스를 입은 신부를 흘낏거리면서 연신 미소를 감추지 않았다. 김 사장과는 친동생과 다름없다는 이유로 신부 대기실에서 함께 사진까지 찍는 영광을 누렸다.

식장은 양가 친척은 물론 친구와 동창 등으로 빼곡했다. 그리고 편의점 본사 직원도 와서 띠동갑 누님과 내가 있는 자리에 착석했다. 결혼식은 여타 결혼식과 비슷했다. 축가는 김 사장이 이적의 '하늘을 달리다'를 불렀는데, 그는 나처럼 노래를 참 열심히만 부르는 사람이었다. 그래도 그동안 들어왔던 '하늘을 달리다' 중 가장 진지했던 건 확실했다. 거의 맨 뒤에 앉아 있어서 제대로 볼 수는 없었으나 신랑이나 신부 모두 인생에 있어 가장 감동스러운 순간을 누리고 있다는 것을 감히 짐작할 수 있었다.

기념사진을 찍을 차례가 되었다. 가족, 친구, 직장동료 등등 수차례 찍을 기회가 있었으나 아깝게 타이밍을 놓쳤다. 뷔페를 먹느라 정신없었던 탓도 있었지만, 그 수많은 인파를 비집고 들어가기가 쉽지 않았다. 그래도 그때 어떻게든 찍었어야 했는데…… 아직도 아쉬움이 남는다. (나중에 김 사장한테 사진 합성이라도 얘기해볼 생각이다.)

결혼식과 피로연이 거의 동시에 진행돼 오래 걸렸고 전체적으로 정신이 없었다. 축의금을 받는 창구가 따로 없어서 한참 찾아다니다가 결국 김 사장의 친형에게 맡기고 식장에서 내려왔다. 나중에 알고 보니 제주도 결혼 문화는 신랑이나 신부에게 직접 축의금을 주는 것이었다.

문제는 다시 시내로 돌아가야 한다는 것. 외진 곳이라 택시가 보이질 않았다. 골프장 직원에게 부탁해 콜택시를 부를 수밖에 없었다. 띠동갑 누님과 함께 콜택시를 기다리는 동안 로비를 살펴봤다. 그러던 중 우연히 내 눈에 들어온 안내판이 있었다. 콜택시 이용 요금 안내판이었는데 올 때보다 두 배나 비싼 요금이었다. 이 사실을 띠동갑 누님에게 알렸더니 누님은 얼굴이 새하얗게 변했다. 어떻게 좋은 방법이 없을까, 심각하게 고민하던 중 구세주와 같은 것이 눈에 띄었다. 바로 시내 호텔로 나가는 셔틀버스. 한 시간에 한 번 나간다는 그 버스가 마침 출발하려던 참이었다. 띠동갑 누님에게 재빨리 그 버스의 존재를 알렸다. 우리는 말없이 눈빛을 빠르게 한 번 교환한 뒤 데스크에 앉아 있는 직원의 눈치를 살피며 밖으로 슬쩍 나와 버스에 탑승했다. 셔틀버스 기사가 살짝 의아하게 쳐다보기에 난 말도 안 되는 중국말을 뱉었다. 그 버스에 탔던 승객 중 절반이 중국인이었던 점을 버스를 타면서 파악해둔 터였다. 버스가 출발할 때 콜택시 한 대가 들어왔는데, 띠동갑 누님과 나는 동시에 머리를 바짝 숙였다. 그리고 버스가 골프장 구역을 완전히 벗어날 때까지 그 자세를 유지했다. 택시 요금 아끼려고 별스러운 일까지 서슴지 않은 모습에 서로 그저 웃기만 하고, 띠동갑 누님에게 다음 주에 보자고 한 뒤 헤어졌다.

일주일 동안 영국이랑 파리로 신혼여행을 다녀온 김 사장은 깊은 혼란과 공황에 빠진 상태로 돌아왔다. 여행에서 남는 건 사진일 터, 그 중요한 사진이 담긴 디지털 카메라를 여행지에서 잃어버리고 말았던 것이다. 평소에 취미로 사진을 찍던 김 사장은 평생 최고의 사진을 그

카메라에 담았다고 했다. 그런데 그걸 잃어버려서 형수님에게 완전 대역 죄인이 되었다는 것.

신혼여행부터 험난한 일을 겪은 김 사장. 앞으로 행복한 결혼생활하길 진심으로 건투를 빈다!

총각, 인상이 참 좋으시네요!

"인상이 참 좋으시네요!"

그동안 편의점 알바를 하면서 손님들에게 가장 많이 들었던 말이다. 잘생겼다는 말은 아니더라도 나를 편하게 봐준다는 자체로 내겐 최고의 칭찬이었다. 그러나 같은 말이라도 누가 하느냐에 따라 확연히 달랐다. 특히 내 인상이 정말 좋았다기보다 무언가 미끼를 내던질 목적으로 칭찬하는 사람들이 있었다.

"와, 정말 인상이 좋으시네요. 얼굴에 타고난 복이 있어요. 눈빛이 온화하면서도 매처럼 살아 있고, 코가 오뚝한 것이 연예인 같네요. 전체적인 풍채가 사람을 묘하게 끄는 매력이 있어요. 그래서 말인데……."

유명 아이스크림 전문점 메뉴보다 훨씬 많은 종류의 칭찬을 쏟아붓는 이 사람, 칭찬 뒤에는 어김없이 아날로그 감성이 진하게 묻어난 잡지가 뒤따랐다. 이들은 모 종교 열혈 신자들인데(특별히 비방할 목적은 없으므로 어느 종교인지 밝히지 않겠다), 보통 두세 명씩 조를 이뤄서 등장한다. 그들은 온화한 미소와 칭찬으로 은근슬쩍 내가 믿는 신이 과연 올바른지에 대한 질문을 던졌다. 특히 깊은 피로로 나의 방어력이 허약해진 이른 새벽에 자주 출몰했다. 난 따로 믿는 종교가 있어서 그쪽 교리는 듣지 않겠다고 명확히 말했지만, 그들은 내가 종교가 있으니 더 들어봐야 한다고 공격의 강도를 높였다.

그들은 쉴 새 없이 교리를 전파했는데, 그들이 원할지도 모르는 세뇌(?) 효과보다는 짜증과 분노가 한계치까지 끓어오르게 만들었다. 중간중간 내 눈치를 살피며 슬쩍 뱉는 칭찬이 나의 혈압을 고속으로 상승하게 했다. 그래도 물건을 구입한 손님이고 욕을 하거나 난동을 피운 것도 아니어서 내쫓을 수도 없었다. 결국 자포자기 심정으로 하고 싶은 말을 마음껏 하게 내버려뒀다. 그들은 "다음에는 이 문제를 함께 고민해봅시다, 친절한 총각!"이란 말을 남기고 돌아갔다. 원하는 대답이 아니면 어떤 말도 들으려고 하지 않는 사람들과 함께 고민을 해보자니…….

그 둘은 약속이라도 한 듯 한 달 뒤에 나를 다시 찾아왔다. 그 달에 새로 나온 잡지를 당연한 양 내게 건네줬다. 보지 않겠다고 거부하면 또 말도 안 되는 칭찬 세례와 논쟁 아닌 논쟁이 이어질 것 같아서 시간 날 때 잘 읽어보겠다고 인사치레를 했다. 그들은 한술 더 떠 지난번에 줬던 잡지는 잘 읽어봤는지 숙제 검사하듯 꼬치꼬치 캐물었다. 난 그걸 한 글자도 읽지 않고 진작 재활용 쓰레기통에 버린 상태였다. 그들은 선뜻 대답을 못하는 내게 복습하듯 그 잡지에 나온 내용을 다시 설명했다. 난 미소 짓는 알바 모드를 해제하고 내가 왜 그들의 교리에 거부감이 드는지 말하고, 이 새벽에 왜 일방적으로 이야기를 듣고 있어야만 하는지 되물었다. 그러나 그들은 내가 했던 말을 머릿속에 녹음이라도 한 듯, 말꼬리를 붙잡고 도리어 집요하게 따졌다. 흥분한 나는 당신들의 논리를 이해할 수 없다며 단호하게 말했으나, 완전 무장한 그들을 말로 이겨낼 도리가 없었다. 결국 그들은 또 잡지 속 교리 내용을 내게 풀어놓았다. 내 머릿속에는 두통이 허락도 없이 신문지를 깔고 드러누웠다. 그들이 떠난 뒤 그 잡지는 아예 벅벅 찢어서 발로 밟았다.
(잡지를 만든 사람들의 노고와 종이로 사용된 나무들에게 미안하지만.)

한 달에 한 번씩 나타나던 그들은 나중에 아예 사흘에 한 번씩 당당히 등장했다. 잡지뿐 아니라 소책자를 나눠줬고 역시나 일방적인 대화만 펼쳤다. 종종 울컥함이 올라와 반론을 펼쳤지만 언제나 결론은 같았다. 나중에는 아예 몇 월, 몇 일, 몇 시에 그들 단체에서 주최하는 집회에 참석하라는 통보를 들었다. 자신들의 뛰어난 논리에 당연히 내가 세뇌된 줄 알았던 모양이었다. 이대로는 버틸 자신이 없어서 새로운 자구책을 심각하게 고민했다. 마침내 그들이 나타나기 전날 밤, 좋은 방법이 떠올랐다.

"언제 봐도 인상이 좋은 형제님, 오늘은 좋은 일이 있으신가 봅니다. 기쁨이 충만하여 저희도 함께 기분이 좋아지네요."

그들의 첫마디는 역시 칭찬이었다. 난 평소보다 더 밝게 웃으며 그들과 마주했다. 건네주는 잡지와 소책자도 냉큼 받았다. 그리고 또다시 시작된 교리 전파를 두 눈을 똑바로 뜨고 들었다. 그들은 평소보다 더 활기차고 한껏 높아진 목소리로 번갈아가며 교리를 설명했다.

"이 부분에 대해 어떻게 생각하시나요? 오늘은 잘 들은 듯하니 깊이 이해하셨을 것이라 봅니다."

10분간 지속된 설명 뒤에 이어진 첫 질문이었다. 난 이를 다 드러내며 밝게 웃었고, 그들도 함께 웃었다. 그리고 머릿속에 계속 되뇌었던 짧고 굵은 단어를 성대를 거쳐 입 밖으로 내놓았다.

"몰라요."

순간 환하게 미소를 짓던 그들의 얼굴이 굳어졌다. 잠시 정적이 흘렀고, 그중 남자가 애써 억지로 웃으며 다시 설명하려고 할 때 "아무것도 모르겠어요" 하며 쐐기를 박았다. 그럼에도 그들은 본인의 생각을 마음껏 펼쳐달라며 또 질문을 던졌다. 난 당당히 전혀 생각해본 적이 없고, 또 생각해볼 의향도 없다고 했다. 그들은 아직 내가 마음의 문을 열지 않은 것 같으니 시간을 더 주겠다고 말한 뒤 돌아갔다.

그들이 다음에 왔을 때도 역시 "몰라요"와 "생각해본 적 없어요"라는 말만 앵무새처럼 되풀이했다. 듣는 동안 시선을 이리저리 분산했고, 귀를 파거나 코를 긁적이는 등 각종 산만한 행동을 보여줬다. 그 뒤로도 몇 차례 더 오던 그들은 더 이상 내게 어떤 칭찬도 하지 않았다. 대신 "사람 참 그렇게 안 봤는데" 하며 붉으락푸르락한 얼굴로 돌아갔다.

난생처음 칭찬이 아닌 비아냥거림에 즐겁게 웃으면서 밤을 새웠다.

요즘은 다른 알바생들에게 접근을 시도한다고 들었다. 그러나 이미 내가 대처 요령을 공유한 터라 교리 전파 공세를 얼마 못 펼치고 돌아갔다. 대신 종이류만 모아둔 재활용 쓰레기통에는 그들이 준 잡지와 소책자가 한 번도 펼쳐지지 않은 채 쌓여갔다.

너의 1등은 도대체 어디에

편의점은 각종 서비스 상품들이 많다. 가장 많이 이용되는 서비스는 교통카드 충전이다. 1만 원을 충전해도 5만 원을 충전해도 남는 수수료는 극히 적고, 편의점 공식 매출에도 등록되지 않는다. 수수료보다 충전할 때마다 자동 발급되는 영수증 용지 값이 더 들지도 모르겠다. 또 다른 서비스 상품인 휴대폰 급속 충전은 30분 충전에 천 원을 받는다. 충전기 전원을 24시간 켜두는데, 하루에 두어 명 정도의 손님이 이용하는 걸 감안하면 거의 서비스 상품이나 다름없다. 의외로 많은 사람이 이용하는 '포스트 박스'라는 택배 접수 기계는 전자저울로 무게를 재고 더불어 요금도 알아서 측정할 수 있다. 문제는 송장 정보를 일일이 터치 화면 자판에 입력해야 하는데, 몇 번 이용해본 손님은 직접 기계를 다뤘지만 대부분 알바생이 해야 할 몫이었다. 기계가 작아서 부피가 큰 물건은 저울에 올려놓기도 쉽지 않았다. 중간에 버튼을 잘못 누르면 처음부터 다시 시작해야 하니, 간혹 대량으로 택배 물건이 오면 제발 포스트 박스만이라도 정전이나 심각한 오류가 발생하길 속으로 주문을 걸곤 한다. 어지간하면 근처 우체국이나 전문 택배업체에 맡기시라는 조언을 아끼지 않았다. 물론 편의점까지 택배 보낼 물건을 들고 온 손님 대부분은 알바생의 조언을 그리 귀담아듣지 않는다. 매출에 큰 영향을 주는 것도 아니라서 택배 기사가 집하할 때까지 내용물이 상하지 않을까 노심초사할 뿐이었다. 그 밖에 각종 공과금 수납과 쇼핑몰에서 주문한 물건을 대신 받아주는 픽업 서비스, 문화상품권, 교통·외식·게임 등에 사용할 수 있는 기프트 카드까지 서비스 상품은 하나하나 열거할 수 없을 만큼 많다.

그중에서도 손님들의 심장을 두근거리게 하는 것이 있었으니, 바로 숫자만 맞히면 인생 역전이 가능하다는 로또다. 1등이나 2등 당첨자가 나오면 편의점 매출에 큰 영향을 준다고 들었다. 물론 알바생들은 로또 발급과 물건 계산을 동시에 해내느라 가제트 만능 팔이라도 빌리고 싶을 것이다. 김 사장은 로또를 편의점에 들이고 싶어 했다. 그러나 로또는 복권법상 특정 자격을 갖춘 사람에게 우선순위가 있었다.

그나마 자격을 갖춘다고 해도 지금은 판매점이 포화 상태라 신규점을 더 이상 내주지 않는다고 들었다. 내가 일하는 편의점에서 반경 최소 5킬로미터, 최대 10킬로미터 이내에 로또 판매점이 없었다. 로또를 찾는 손님도 적지 않았으나 동네가 작고 수요도 적을 듯해 더더욱 신규 허가를 내주지 않는다는 것이다. 그럼에도 김 사장은 "로또가 있어야지" 하고 자주 중얼거렸다. 오래전부터 C편의점을 비롯한 동네 모든 슈퍼가 로또를 유치하려고 침묵의 신경전을 펼쳐왔다. 그 와중에 C편의점이 로또까지는 아니지만 연금복권을 유치하면서 약간의 승기를 잡았다. 분노한 김 사장은 더욱더 발품을 팔았고, 그 결과 G편의점에도 복권을 들여놓을 수 있었다. 그러나 그것은 그토록 바랐던 로또가 아닌 긁으면 곧바로 당첨 여부를 알 수 있는 즉석복권이었다. 즉석복권은 이미 다른 곳에서도 판매하고 있어서 김 사장의 한숨은 땅굴을 팔 만큼 깊어졌다.

즉석복권은 들어온 지 반나절 동안 손님들의 눈길을 끌었지만, 곧장 판매로 이어지지는 않았다. 그러다 밤 12시 1분, 즉 0시 1분에 한 손님이 들어왔다. 동네 읍사무소 상근예비역이었다. 그는 거의 이 시간쯤에 편의점에 들러 맥주와 과자 같은 간단한 안주를 사가곤 했다. 그가 여느 때처럼 캔맥주 한 개와 과자 한 봉지를 들고 왔는데, 카운터 왼쪽에 있는 즉석복권을 발견하고 잠시 머뭇거렸다.

"하, 살까요?"

그는 짧고 깊은 한숨을 내쉬는 듯싶더니, 결국 즉석복권 한 장을 손에 들었다. 이전에 복권을 사봤지만 꽝만 나왔다고 했다. 그는 자못 심각한 표정으로 G편의점에서 첫 개시되는 즉석복권을 긁었다.

"와!"

그가 환호성을 내질렀다. 무려 5천 원에 당첨되었던 것. 이 기세를 몰아 당첨된 복권을 모두 다른 복권으로 바꿨다. 그가 산 복권은 모두 천 원이나 5천 원에 당첨됐다. 그것들을 다시 복권으로 바꾼 그는 당첨금 5억 원의 꿈을 품기에 이르렀다. 하지만 행운의 여신은 그의 꿈을 현실로 만들어주지 않았다. 다만 더 진지하고 간절한 꿈을 꿀 수 있을 만큼 서른다섯 장의 복권을 더 긁게 했다.

단돈 천 원으로 한 시간이 넘도록 대박의 꿈을 품던 그 상근예비역은 그 뒤로 거의 매일같이 찾아와 즉석복권을 샀다. 한꺼번에 만 원어치를 넘게 사는 일도 적지 않았다. 그러나 언제나 천 원과 5천 원짜리만 당첨되었다. 처음에 의욕적이던 그도 점차 복권을 보는 눈빛이 시

들해지고 나중엔 거의 습관적으로 복권을 사들였다. 긁기도 전부터 "오늘도 안 될 거예요" 하고 낙담하는 말을 내뱉었다. 그의 낙담은 현실로 이어졌다. 어느 날부터는 아예 복권을 사지 않았다. 이유를 알고 보니 복권을 매일 산다는 걸 여자친구가 알게 되어 무릎을 꿇어야 할 만큼 큰 싸움이 났다고 했다. 그 후로 몇 달간 복권 판매량은 미미했다. 한두 장씩 팔렸고 간혹 천 원짜리 당첨자가 나왔을 뿐이었다. 김 사장은 아무래도 복권을 괜히 들인 것 같다며 한숨을 내쉬었다.

그러던 어느 날 밤 12시가 갓 지났을 때였다. 폐기된 빵으로 허기를 달래고 있는데 편의점 문이 갑자기 덜컥 열렸다. 거칠게 문을 밀고 들어온 이는 바로 복권계의 큰손 상근예비역이었다. 얼굴이 시뻘겋게 달아올랐고 알코올 냄새를 잔뜩 풍기고 있었다. 내게 히죽거리며 공손히 인사한 뒤 항상 먹던 맥주와 간단한 안주를 챙겨 왔다. 그러곤 즉석복권을 쓱 쳐다보더니 한 장 뜯어냈다. 복권 끊은 게 아니냐고 물었더니, 그는 지난밤에 여자친구랑 싸웠는데 도저히 복권을 포기할 수 없었다고 웃어 보였다.

천 원짜리 즉석복권으로는 두 번의 게임을 할 수 있다. 하나는 한 개의 '행운 숫자'와 내 카드에 표시된 세 개의 숫자와 비교해 내 카드 중에

'행운 숫자'보다 높은 숫자가 있으면 당첨이고, 다른 하나는 '행운 숫자' 한 개와 '나의 숫자' 네 개 중 한 개가 일치하면 당첨이다. 보통 아래에 있는 같은 숫자 찾기에서 당첨이 많이 된다. 그가 윗부분을 긁었을 때 5억 원이란 금액이 나왔다. '행운 숫자'는 20이었고, '나의 숫자'는 19, 18, 17이었다. "역시나 또!" 하며 그가 바닥에 주저앉아 머리를 양손으로 헝클어뜨렸다. 이어 두 번째 게임에서 제시된 금액은 10만 원. 5억 원과 2천만 원 다음으로 자주 나오는 금액이지만, 그만큼 당첨 확률이 낮았다. '행운 숫자'는 3, '나의 숫자'는 1, 4, 5로 모두 3에 근접했지만 당첨은 아니었다. 그는 마지막 남은 숫자를 남겨두고 어차피 안 될 것이라며 복권을 버리려고 했다. 쓰레기통에 복권이 들어가려던 순간, 난

그의 어깨를 붙잡았다.

"한 번 긁히고 버릴 운명으로 태어난 복권을 한 번이라도 존중했다면, 마지막까지 긁어줘야 그 운명에 대한 예의가 아닐까요?"

그는 복권과 나를 번갈아 보더니 살며시 웃었다. 곧이어 자못 비장한 표정으로 마지막 번호를 긁었다. 동전이 서너 번 스치자 '행운 숫자' 3과 똑같은 번호가 나왔다. 그가 동공이 풀린 눈으로 나를 멀뚱히 쳐다보다가 이내 두 팔을 번쩍 들어 만세를 외쳤다.

그날의 사건을 언젠가 높은 금액에 당첨되리라는 하늘의 운명이라 여긴 그는 요즘도 복권을 산다. 하지만 예전만큼 당첨이 잘 되지 않는 것 같다. 오히려 그는 잠복기가 있어야 큰 행운이 찾아온다는 자신만의 이론을 내세웠다.

로또나 연금복권은 일주일에 한 번씩 당첨자를 발표한다. 그러나 즉석복권은 판매기한과 지급기한 1년이란 시간만 있을 뿐, 좀처럼 1등에 당첨이 됐다는 소식은 듣기가 어려웠다. 혹시 몰라서 인터넷에서 당첨자 사례를 찾아봤지만, 이미 수년이 지난 후기가 전부였다. 과연 즉석복권 1등 당첨자는 어디 있단 말인가.

나는 즉석복권만 보면 한숨만 내쉬는 김 사장에게 작은 위로를 전해주기로 했다.

"여기서 1등 당첨자 나오면 플래카드 겁시다!"

"그럼 편의점이 대박이 나려나?"

"그만큼 진상 손님도 늘어나겠죠?"

"그렇게라도 매출이 좀 오르면 좋지. 나도 한 장 긁어야겠다."

"그럼 '김 사장 당첨 축하' 플래카드 걸어야겠네요."

"그러면 그냥 이 편의점은 네가 가져."

글쎄, 과연 그럴 날이 올까?

부자지간 인연을 끊읍시다. 제발!

이 책을 통해 고백할 게 있다(부디 여러분만 알길 바란다). 사실 내게 숨겨둔 아들이 있다. 그것도 아주 장성한, 장성함을 넘어 노년의 길을 걸어가는 심히 늙은 아들이다. 내 의지와 상관없이 생긴 아들. 아무리 못난 아들이라도 모든 것을 품어주고 싶은 게 이 세상 모든 아버지의 마음일 것이다. 허나, 난 그런 아들과 아주 연을 끊고 싶다. 제발!

제주도답지 않게 바람 한 점 불지 않던 밤, 출근을 앞두고 잠시 누워서 책을 읽고 있었다. 평소엔 한두 시간 정도 눈을 붙였지만 그날따라 쉽사리 잠이 오지 않았다. 마침 그때 읽었던 책이 흥미로웠던 터라 시간 가는 줄도 모르고 출근 시간을 맞이했다. 가방에 책을 넣고 자전거를 타고 가는 출근길은 공기마저 상쾌했다. 별빛은 여느 때보다 초롱초롱했고, 달빛은 청아하여 절로 콧노래가 흘러나왔다. 그러나 편의점에 들어선 순간 나의 상큼한 기분은 다급히 봇짐을 싸고 멀리 피난을 떠나버렸다. 나와 교대할 여대생 알바는 다크서클이 잔뜩 내려앉은 얼굴로 축 처져 있었고, 그 맞은편 테이블에서 익숙한 얼굴의 진상 1호가 소주를 마시고 있었다.

"어이, 알바!"

그는 늘 그래왔듯 세상에서 가장 친한 척 손을 번쩍 들었다. 얼굴은 이미 시뻘겋게 달아올랐고, 말할 때마다 아밀라아제가 포함된 액체를 바닥에 질질 흘렸다. 난 서둘러 카운터로 들어가 여대생 알바에게 어떻게 된 일인지 물었다. 그녀는 울먹이는 목소리로 아무리 말해도 진상 1호가 갈 생각을 하지 않는다고 했다. 사무실 안에 있는 CCTV 영상을 되감기해 봤다. 내가 출근하기 몇 시간 전에 등장한 진상 1호는 병맥주를 산 뒤 테이블을 차지하고 있었다. 수시로 여대생 알바를 불러내 계속 귀찮게 했던 모습이 포착됐다. 중간에 경찰이 왔으나 몇 마디 하다가 그냥 되돌아갔다. 진상 1호는 내가 출근하기 5분 전까지 여대생 알바를 불러내고 있었다.

"사랑은 아무나 하나" 부분만 반복해서 부르는 진상 1호에게 다가갔다. 나는 목구멍까지 솟아오르는 육두분자를 꾹꾹 누른 뒤, 나지막한 목소리로 이제 그만 집에 돌아가면 어떻겠냐고 의중을 정중히 물었다. 그러자 그는 여대생 알바가 묵인했고 경찰도 그냥 왔다 갔는데 뭐가 문제냐며 오히려 내게 따지고 들었다. 당장 사장 불러오라며 벌떡 일어서서 나와 눈싸움을 벌였다. 다른 건 몰라도 난 진상 손님과의 눈싸움에서만큼은 '고객은 왕'이라는 정신을 발휘하지 않았다.

종이컵에 든 맥주를 비운 그는 어디서 알바생 따위가 감히 왕이신 손님을 훈계할 수 있느냐며 분노를 아끼지 않았다. 그사이 들어온 다른 손님은 물건을 고르다가 조용히 나가버렸다. 물건을 골라서 계산하던 다른 손님은 그가 친근한 척하며 다가오자 오만상을 지으며 돌아갔다. 더 이상 그를 부드럽게 대할 수 없었다. 계속 이런 식으로 나오면 경찰을 불러 정의의 심판을 받게 할 것이라고 엄중히 경고했다. 이미 숱한 국립 수용시설 이용 경험이 있다던 그는 눈 하나 깜짝하지 않았다. 오히려 고향 같은 그곳에서 먹었던 보리밥과 된장국이 그립다고 했다. 나는 그러면 확실히 오랫동안 '국립 웰빙 식단'을 누리게 해드릴 테니, 한 대만 차지게 쳐달라고 했다.

그러자 그는 직접 나를 때리지 않고 물건을 하나 집어 들더니 던지려는 시늉을 했다. 나는 높은 명중률을 위해 그에게 한 발짝 더 다가가 얼굴을 바짝 들이밀었다. 그는 잠시 눈을 부라리다가 물건을 제자리에 살포시 놓았다. 그러곤 무조건 사장 나오라며 고래고래 소리치며 주먹을 허공에 갈랐다. 그럴수록 난 얼굴을 더 바짝 들이밀었다. 주먹에 힘이 빠진 그는 무각도 돌려차기를 선보였다. 나를 치진 않았지만 엄한 의자가 뒤로 쓰러졌다. 가위바위보도 삼세번은 해야 된다는 전 연령대를 관통하는 확고한 규칙이 있듯, 난 정확히 그에게 세 번 경고했다.

그는 바닥에 맥주를 흩뿌리며 공중부양과 축지법 자세로 버티고 있었다. 예로부터 4라는 숫자는 불길함을 뜻하므로 나는 네 번째 경고 대신 전화기를 들었다. 단골손님이기도 한 파출소 경찰 아저씨들에게 항상 미소와 상냥한 말투로 상대했지만, 이번만큼은 목소리를 딱딱하게 굳혔다. 앞서 여대생 알바가 도움을 요청했는데 왜 그냥 갔느냐고 물었다. 여자 알바생 혼자 있는 곳에 무슨 일이라도 생기면 책임질 것이냐며 경찰이 이래서 되겠느냐고 도발적으로 물었다. 그러자 경찰은 당장 출동하겠다고 했고, 1분도 되지 않아 등장했다.

진상 1호는 편의점에서 술 좀 마시려는데 괜히 내가 시비를 건다며 주저앉아서 발버둥을 쳤다. 난 미소 따윈 증발시킨 얼굴로 전후 사정을 말한 뒤 '영업 방해'로 정식 고소하겠다고 했다. 그러자 경찰은 끝까지 억울함을 토로하는 그에게 미란다 원칙을 고지한 뒤 손에 윤기가 반지르르한 수갑을 채웠다. 교대 시간은 이미 지났지만, 여대생 알바에게 잠시만 더 있어 달라고 부탁한 뒤 고소인 자격으로 파출소에 갔다.

파출소에서 진상 1호는 선량한 시민을 무고하게 잡아 와도 되냐며, 경찰청과 검찰에 있는 자신의 지인들을 모조리 불러낼 것이라고 광범위한 인맥을 과시했다. 난 지금이라도 잘못을 인정하면 극단적인 선택은 하지 않겠다고 했다. 그러나 그는 수갑만 풀면 당장 나를 박살내버리겠다며 눈을 부라렸다. 난 망설임 없이 곧장 피해자 진술서를 작성했다. 그제야 분위기가 묘하게 흘러간다는 걸 깨달은 진상 1호는 어딘가로 급하게 전화를 했다. 그러곤 대뜸 내게 전화를 받으라고 했다. 통화하면 모두 해결이 될 것이라는 말을 보탰다. 나와 통화한 사람은 뜬금없게도 한국법무보호복지공단의 직원이었다. 처음에 약간 미심쩍은 목소리로 말을 꺼내던 그는 전후 사정을 자세히 들은 뒤 오히려 자신이 미안하다고 했다. 진상 1호는 여전히 의자에 바짝 기대어 광범위한 인맥을 과시했고, 나를 소리 소문 없이 사라지게 할 수 있다며 고개를 빳빳하게 세웠다. 그러나 그것도 잠시, 나와 할 얘기가 끝난 한국법무보호복지공단 직원과 통화를 하더니 갑자기 두 손을 다소곳하게 모았다. 그는 고개를 연신 숙이며 자신이 잠시 정신줄을 놓은 것 같다며 울먹이는 목소리로 중얼거렸다. 그러나 이미 담당 경찰은 독수리 타법으로 수를 놓듯 한 글자 한 글자 진술서를 정성껏 타이핑하고 있었다. 일을 마치고 파출소를 나가는데 "반드시 무고죄로 보리밥 먹일 거야!" 하며 고성을 내지르는 그의 목소리가 생생하게 들려왔다.

사건이 이 정도에서 끝날 줄 알았다. 그런데 이틀 후에 파출소가 아닌 경찰서에서 연락이 왔다. 진상 1호 사건과 관련해 사실 관계를 다시 조사할 필요가 있으니 경찰서로 출석해달라는 것. 형사의 말투가 나를 영 못 미더워하는 눈치였다. 경찰서는 지리상 가까웠지만 외진 곳에 있었고, 생긴 지 얼마 안 돼서 곧바로 가는 버스가 없었다. 무엇보다 경찰서 자체가 굳이 찾아가고 싶은 곳은 아니었다. 그러나 진상 1호가 혐의를 강력히 부인한다고 하니, 이 부분을 확실히 진술해야 처벌이 가능하다는 말에 형사와 약속을 잡았다. 나는 이 상황을 김 사장에게 얘기했고, 며칠 후 함께 경찰서로 갔다. 험악한 분위기가 나올 것이라는 내 예상과 달리 형사는 시간을 내줘 감사하다며 고춧가루가 낀 앞니를 드러내며 우리를 맞아줬다.

이미 형사에게 조사를 받은 진상 1호는 전혀 예상치도 못한 폭탄 발언을 해놓은 상태였다. 내용인즉슨 여대생 알바와 소주를 나눠 마시며 도란도란 애정의 꽃이 피어나려던 중이었는데, 질투심에 눈이 먼 내가 괜히 시비를 걸어 무고까지 했다는 것이다. 결국 나는 그때의 기억을 아주 작은 것까지 끄집어내 조서에 남겼다. 조서 마지막 부분에는 '법대로 처벌'이란 글자를 종이가 찢어질 정도로 꾹꾹 눌러썼다. 지장은 종이가 뭉개질 만큼 꾹 찍었다.

이제 모든 것이 끝났을 것이라 안심했는데, 경찰서에 다녀온 지 사흘 만에 진상 1호가 다시 등장했다. 다짜고짜 들이닥친 그는 별다른 말 없이 나를 노려봤다. 비장하게 나와 눈싸움을 하던 그가 바지주머니에서 꼬깃꼬깃한 종이를 꺼내들었다.

"미안하다."

종이 맨 위에 '합의서'라고 쓴 꼬불꼬불한 손글씨가 선명했다. 그는 계속 비장한 눈빛으로 나를 째려보며 미안하다는 말만 연발했다. 내가 합의할 이유가 없다고 말하자 그의 눈에 잔뜩 힘이 들어갔다.

"우리 사이에 정말 이러기냐?"

"우린 아무런 사이가 아니고, 앞으로도 별다른 사이가 되지 않을 겁니다."

잠시 착각하는 그에게 우리의 '진짜 사이'를 정의해줬다. 그러자 입술을 꽉 깨문 그가 무슨 말을 하려다가 꾹 참고 다시 나를 노려봤다. 숨 막힐 듯 깊은 정적이 흐를 즈음 그가 다시 입을 열었다.

"다신 여기 안 올게. 오면 네 아들 할게. 진짜로."

내겐 거의 아버지뻘 나이인 진상 1호의 파격적인 제안, 오히려 너무나 파괴적이라서 순간 멈칫했다. 내 아들이 되겠다는 말을 수십 번 반복했고 무릎까지 꿇으려 했다. 난 잠시 망설이다가 결국 그의 맹세를 속는 셈치고 믿기로 했다. 결국 합의서에 도장을 찍어 영원한 이별을 거듭 확인한 뒤 그를 돌려보냈다.

그 후 진상 1호는 검찰의 약식기소로 70만 원의 벌금형을 받았다. 정식재판까지 신청했으나 패소하여 결국 벌금형이 확정됐다. 이를 알게 된 건 그가 나를 다시 찾아와 원망이 가득한 목소리로 말했기 때문이다. 수시로 찾아와 나 때문에 벌금이 나왔다는 사실을 상기시키고, 내 아들이 되기를 자처했다. 위법의 경계선적인 행동으로 계속 나를 도발했는데 그럴 때마다 대뇌의 전두엽 상층에 통증이 몰려왔다. 아들아, 이젠 난 아비가 되기 싫구나. 제발 오지 마세요. 좀!

진상 손님 열전

극히 소수(라고 믿고 싶은)인 진상 손님 때문에 고달픔이란 단어를 머리가 아닌 몸으로 새기며 지냈다. 그러나 반대로 내가 손님에게 못할 짓(?)을 한 적도 종종 있다. 진상 손님들은 이유도 없이 나를 괴롭혔지만 나는 달랐다. 단순히 개인적인 이유로 손님들을 홀대한 적은 없었다. 다만 손님의 행동이 너무 과하다고 판단될 때, 그들이 알아채지 못하게 사소한 반격(?)을 할 뿐이었다.

손님과 은근한 신경전이 벌어지는 대부분은 돈을 주고받을 때다. 돈이나 카드를 건네는 손님의 유형은 두 가지로 나뉜다. 손에 직접 건네주는 손님과 바닥에 내려놓는 손님. 바닥에 살포시 돈을 내려놓는 건 아무렇지 않았지만 문제는 툭 던지는 것. 난 손님에게 금액을 말할 때 공손히 두 손을 내민다. 그러나 그 손을 무시하고 카운터 바닥에 내던지는 사람이 적지 않다. 떨어진 동전을 줍는 순간의 그 복잡 미묘함이란……. 그래서 동전을 주는 손님에겐 일부러 두 손을 더 바짝 내밀었다. 차라리 내 손바닥에 던져달라고. 그런 뜻을 이해하는 사람도 있었지만, 반대로 기어이 내 손을 피해 바닥에 동전을 던지는 사람도 있다. 그중 상습적인(?) 손님에겐 결국 사소한 복수를 저질렀다. 지폐는 일부러 공작새나 부채처럼 활짝 펴서 건네주거나 나중에는 일부러 한 장씩 접힌 것을 섞어 주기도 했다. 동전은 똑같이 바닥에 탕 내려치듯 주거나 아예 손으로 건네주는 척하면서 바닥에 떨어뜨렸다. 그럴 때마다 나는 절대 고의가 아닌 척 연신 "아이쿠! 죄송합니다" 하고 고개를 숙였고, 손님이 돌아가면 은밀한 미소를 지었다.

'손님은 왕'이라는 개념에 매우 충실한 손님도 더러 있었다. 나이가 많은 손님은 아버지나 삼촌뻘이라 생각하면 불편할 게 별로 없었다. 그러나 나와 비슷한 또래, 간혹 나보다 어린 손님들이 등장해 다짜고짜 반말로 하인 부리듯 이것저것 요구하는 일이 종종 있다. 그런 손님들은 자신의 마음에 들지 않으면 "알바가 뭐 이래. 알바 짜증나" 하고 아예 대놓고 모욕적인 말을 뱉기도 했다. 그렇다고 같이 화내면서 손님하고 싸울 수는 없었다. 그저 참는 게 최선이었다. 그러나 한번은 그냥 참기에는 울분을 너무 쌓이게 한 손님이 있었다. 화려한 꽃무늬 남방을 입고 무스로 올백머리를 하고 검은색 선글라스까지 낀 20대 중반의 젊은 남자였다. 휴대전화에 귀를 댄 채 등장한 그는 다짜고짜 고갯짓만으로 물건을 이것저것 가져오라고 명령처럼 반말을 했다. 손님이 많아서 카운터를 비우기도 곤란한 상황이었다. 원하는 상품을 직접 고르시고 없으면 말하라고 했더니, 알바생이 왜 이렇게 싸가지가 없느냐며 큰소리를 쳤다. 편의점 안에 있는 다른 손님들의 시선이 일제히 나를 향했다. 나도 모르게 얼굴이 화끈거렸다.

결국 그 손님은 알아서 물건을 골라 카운터로 돌아왔다. 물건과 함께 결제할 카드를 내게 획 던졌고, 담배를 달라며 턱을 까딱거렸다. 내가 담배를 잘못 꺼내자 인상을 잔뜩 찌푸리며 거친 턱짓이 이어졌다. 결제하려던 순간 또 턱짓을 했는데, 카운터 바로 옆 콘돔이 있는 쪽이었다. 손만 대면 꺼낼 수 있는 거리인데 굳이 카운터 밖으로 나와서 꺼내라는 그의 요구에 인내심이 바닥을 드러냈다. 난 이를 꽉 깨물고 그 손님을 슬쩍 쳐다봤다. 그는 껌을 질겅질겅 씹으며 한쪽 눈은 찌푸린 채 나를 위아래로 훑어보고 있었다. 잠깐이었지만 손님과 눈싸움 아닌 눈싸움을 벌인 뒤 입꼬리를 슬쩍 올렸다.

"손님, 며칠 전에 샀던 초극박형 콘돔 찾으시는 거죠?"

난 한껏 음이 올라간 목소리로 외치듯 물었다. (물론, 그는 처음 본 손님이었다.) 놀란 그가 뒤통수를 톡 치면 안구가 분리될 만큼 눈을 부릅떴고, 화로에 달군 솥뚜껑처럼 얼굴이 시뻘겋게 달아올랐다. 곧이어 휴대전화기 너머로 분노에 찬 여자의 괴성이 들려왔다. 결국 그 손님은 "자기야, 그런 거 아니야" 하며 울먹거리는 목소리를 남긴 채 서둘러 편의점을 나갔다. 다시 돌아와서 격하게 따지는 등의 후폭풍이 예상되었으나 다행히 그 후로 다시 모습을 보이지 않았다.

편의점에는 연인들도 꽤 많이 찾아온다. 특히 관광지답게 신혼부부로 추정되는 손님이 주로 등장하는데, 애틋한 모습이 부럽기도 하고 여기서 얼마나 많은 추억을 쌓아갈지 소설이나 드라마에서 봤던 신혼의 달콤한 일상이 상상돼서 괜히 내가 기분이 더 좋아지곤 했다. 나는 아주 관대한 솔로로서 연인들의 무궁한 행복을 기원하는 편이지만, 딱 한 번 그럴 수 없던 적이 있다. (내가 너무 치사하게 행동했던 게 아닐까 싶은 행동이었지만, 나도 그러려고 그런 건 아니었다.)

새벽 3시가 가까워질 무렵에 찾아온 이 연인은 들어올 때부터 손을 꼭 잡고 서로를 마주 보며 들어왔다. 여기까진 달콤함이 아주 넘쳐흐르는 것으로만 여겼다. 그러나 그 생각을 구겨서 던지기까지 3분이 채 걸리지 않았다. 매장 한구석에 있는 우유를 고르던 이들은 갑자기 서로의 얼굴을 강렬하게 쳐다보기 시작했다. 여기까진 눈빛 교환을 하는 줄로만 여겼으나 바로 그 순간, 격정적인 입맞춤이 눈앞에서 생생하게 펼쳐졌다. 그 커플은 360도로 방향을 바꾸면서 외국영화의 마지막 장면에서 볼 법한 가지각색의 자세로 입맞춤을 했다. 두 사람 모두 나와 한 번씩 눈이 마주쳤지만 전혀 개의치 않았다. 남자의 손이 아주 능숙하게 여자의 등과 몸 구석구석을 훑었다. 격정적인 멜로로 시작된 이들의 행동은 어느새 진한 에로로 진화하려고 했다. 마침 편의점에 들어오려던 다른 손님이 화들짝 놀라더니 잠시 돌하르방처럼 굳은 채 서 있다가 조용히 돌아갔다.

"저기…… 손님, 여기서 이러시면 안 됩니다!"

내가 한마디 내뱉자 다음 과정(?)으로 넘어가지는 않았다. 그러나 이들은 가벼운 입맞춤을 예삿일처럼 반복하며 컵라면과 삼각김밥, 우유 등을 골랐다. 심지어 계산을 하는 중에도 애정행각을 멈출 기미가 없었다. 이들은 안에서 컵라면만 먹고 가겠다고 했다. 여자가 숙소까지 걷다가 바람에 휘청거려 쓰러지면 어쩌나 하는 남자의 지극한 노심

초사 때문이었다. (제주도는 평소에 바람이 거세다. 이날은 돌풍 비슷한 바람이 불었는데, 여자는 그깟 돌풍쯤이야 까딱하지 않을 외형적 건강미를 이미 심하게 갖추고 있었다. 오히려 남자가 날아간다고 했다면 적극 수긍했을지도.) 그 커플은 컵라면에 물을 붓고 자리에 앉는 순간까지 애정행각을 선보였다. 서로를 바라보며 만들어낸 뜨거운 시선을 온도로 환산한다면, 난 이미 3도 화상에 걸렸을 것이다.

컵라면이 다 익었을 즈음 남자가 카운터 쪽으로 다가오더니 일회용 나무젓가락을 달라고 했다. 젓가락을 주면 또 얼마나 눈꼴신 장면을 연출할 것인가, 난 포스기 옆에 있던 젓가락을 슬쩍 아래로 치웠다.

“죄송합니다, 손님. 지금 갑작스럽게 젓가락이 모두 동이 나고 말았네요. 이거 어쩌죠?”

남자는 어떻게 편의점에 젓가락이 없을 수 있냐며 따지고 들었다. 젓가락이 없는 그런 편의점, 오늘 처음 겪게 한 점 안타까운 마음을 감출 수 없으며 깊은 유감을 표명한다고 정중히 사과했다. 젓가락을 대신할 수 있는 걸 찾기에 굵은 빨대를 여러 개 챙겨줬다. 덤으로 요플레 스푼도. 잠시 망설이던 남자는 그걸 받아 들고 여자에게 돌아갔다.

그 커플이 컵라면을 아예 못 먹거나 손으로 먹을 것이라는 내 착각은 고작 1분 만에 깨졌다. 그들은 요플레 스푼으로 라면 국물을 서로 떠먹여주면서 애틋함을 넘어선 충격적인 장면을 연출했다. 둘이 힘을 합쳐 빨대로 꿋꿋이 면을 집어 먹다가 면발 한 가닥을 함께 물고 해맑게 웃는 장면도 포착했다. 남자는 편의점을 나가면서 내가 빨대와 요플레 스푼을 준 덕분에 특별한 추억이 생겼다며 고맙다고 인사했다. 난 웃으며 그들을 보냈지만, 가슴속 깊이 몰려오는 씁쓸함과 옆구리의 급격한 냉기가 평소보다 훨씬 더 심해졌다. 그날 새벽, 편의점에 혼자 남은 나는 빨대로 라면 국물을 마시다가 괜한 입천장만 데었다.

굿 바이, 김 사장

나는 작년 여름까지 작은 해수욕장을 바로 앞에 둔 동네에서 살았다. 가족들과 함께 빌라에서 생활했는데, 집주인의 사정으로 갑작스럽게 집을 비워줘야 할 상황이 생겼다. 주택임대차보호법에 따르면 아무리 집주인이라도 세입자의 중대한 과실이 없는 한 집을 비우기 전까지 이사할 곳을 알아볼 시간을 충분히 줘야 한다. 보통의 집주인이었다면 법적 대응도 불사했을 것이지만, 그 당시 집주인은 좀 달랐다. 아프신 어머니와 형편이 여의치 않은 우리 가족의 사정을 배려해 보증금을 받지 않았고, 월세도 시세보다 훨씬 저렴하게 해줬던 것이다. 월세를 인상하기는커녕 내려주기까지 했다. 수도요금과 전기요금 등의 공과금도 면제해줬으니, 우리 가족은 집주인에게 항상 감사하며 지내왔다. 그랬기에 집주인의 사정을 이해하지 않을 수 없었다.

그러나 주변을 아무리 수소문해도 이사할 집을 구하기가 쉽지 않았다. 동네를 떠나기 싫었지만 어쩔 수 없이 그나마 저렴한 월세가 있다는 시내로 나가는 수밖에 없었다. 그러려면 자연히 편의점도 그만둬야 했다. 전화로 이런 사정을 김 사장에게 알렸다. 김 사장은 얼른 집부터 알아보라며 보증금이나 큰 목돈 들어갈 일은 걱정하지 말라고 했다. 어지간한 보증금이면 대신 내주겠다는 뜻이었다. 순간 놀랄 수밖에 없었다. 결혼한 지 얼마 안 됐고, 신혼집을 마련하느라 대출까지 받아서 큰돈이 나갔을 텐데……. 신세를 지는 건 미안해서 싫었지만, 친형같이 대해준 김 사장 덕분에 조금은 편한 마음으로 집을 알아보러 다녔다. 다행히 편의점과 멀지 않은 곳에 그럭저럭 괜찮은 집을 구할 수 있었다. 보증금은 빌리지 않았으나 대신 김 사장이 매달 특별 보너스를 챙겨주기로 했다.

그러던 어느 날, 띠동갑 누님이 난데없이 만약 자신이 이 편의점을 맡아도 계속 일해줄 것이냐고 물었다. 이전에 누님이 자신도 편의점을 한번 해볼까 하는 얘기를 꺼낸 적이 있었고, 나는 누님이면 못할 건 없다고 대답하며 가볍게 웃으며 넘어갔다. 띠동갑 누님은 몇 달 전부터 김 사장과 적극적으로 논의해 현재 양수 과정에 있고, 계약서 쓸 일만 남았다는 얘기를 전해줬다. 순간 멍했다. 나는 김 사장만 보고 일부러 이 동네에 남아 계속 일을 하던 중이었다. 따지고 보면 김 사장이 잘못한 것도 아니고, 이런 일이 생길 줄 전혀 몰랐던 것도 아니었다. 김 사장은 처음 생각했던 것보다 편의점 매출이 좋지 않아서 기회만 된다면 다른 사람에게 매장을 넘기고 싶다는 얘기를 종종 했다. 내게도 돈만 있으면 인수받을 생각이 없느냐고 진심으로 물은 적도 있다. 자신은 이 정도로 멈출 사람 아니라 앞으로 성대한 사업을 꾸려나갈 것이라는 포부도 함께 밝혔다. 예상했던 일이었지만 괜히 섭섭함이 밀려왔다. 한동안 김 사장이 먼저 연락하거나 편의점에 와도 퉁명스럽게 대했다.

며칠 뒤 김 사장과 함께 밥을 먹으며 양수 얘기가 나왔다. 그는 어떻게든 편의점을 계속해보려 했지만 능력에 한계를 느꼈고, 더구나 결혼까지 했으니 얼른 자리 잡을 다른 일거리가 필요하다는 사정을 털어놓았다. 그렇게까지 말하지 않아도 난 그의 사정을 잘 알고 있었다. 그럼에도 가슴 한구석에 있는 섭섭함이 쉽게 가시지 않았다.

그로부터 얼마 후 띠동갑 누님은 계약서를 썼고, 본격적인 양수 작업에 착수했다. 김 사장은 물건과 그 밖에 청산할 부분을 조금씩 정리해갔다. 그사이 오랫동안 일했던 알바생들이 그만두면서 나의 일거리는 점점 늘어났고 피로와 짜증도 쌓여갔다.

8월의 마지막 주 금요일은 쉬는 날이었다. 김 사장이 이날은 꼭 시간을 내서 보자고 했다. 그는 나를 차에 태우고 중간에 퇴근한 형수님까지 함께 태운 뒤, 시내에 있는 최고급 뷔페에 데려갔다. 그동안 함께 이곳저곳 먹으러 다니면서 언젠가 한번 뷔페를 배불리 먹어보자는 얘기를 한 적이 있었다. 그는 꼭 내 생일 때 여기서 마음껏 먹이고 싶었다고 했다. 그 8월의 마지막 주 금요일은 내 생일이었다. 김 사장이 내 생일을 기억하고 챙겨줬다는 사실에 뭉클함이 밀려왔다.

뷔페는 최고급이란 이름에 걸맞게 가짓수를 도저히 헤아릴 수 없을 만큼 음식이 가득했다. 난 세 시간 동안 쉬지도 않고 음식을 흡입했다. 나중에는 배가 너무 불러서 걷는 것도 힘들었다. 김 사장은 내게 여자 친구가 생긴다면 그땐 5성급 호텔 뷔페를 쏘겠다고 약속했다. 뷔페를 먹고 돌아가는 길에 김 사장이 촛불은 불었냐고 물었다. 집에서 미역국은 먹었지만, 우리 집은 특별히 케이크를 챙기고 그런 분위기가 아니라서 그냥 넘긴 상태였다. 그러자 그는 급히 근처 제과점으로 차를 돌렸다. 난 뜬금없게도 김 사장의 신혼집에서 촛불을 불었다. 부모님 외에 내 생일을 기억해주는 사람이 없어서 여태껏 생일에는 항상 특별한 축하 없이 보냈다. 특히 가족이 아닌 다른 누군가가 케이크를 챙겨주고 촛불까지 불게 한 건 처음이었다. 나도 모르게 눈물이 맺혔다. 한편으로 가슴 한구석에 쌓여 있던 그에 대한 섭섭함이 싹 가셨다.

그로부터 몇 달 뒤, 김 사장의 마지막 출근 날. 그는 아침 일찍부터 편의점에 나와 물건을 챙기고 있었다. 난 여느 때처럼 묵묵히 일했고, 김 사장도 묵묵히 짐을 정리했다. 퇴근 후에는 근처 식당에서 함께 아침밥을 먹었다. 그는 새로운 사업을 준비하고 있는데 구체적인 내용이 정리되면 말해주겠다며, 그때 꼭 같이하자고 했다. 집으로 가기 전, 김 사장의 또 다른 편의점에 가서 나머지 짐 정리를 도와줬다.

"그동안 고마웠다."

차에 타기 전 김 사장이 먼저 손을 내밀었다. 난 그 손을 맞잡은 뒤 가볍게 포옹했다. 그는 앞으로도 자주 보자는 말을 남기고 차에 올라탔다. 나는 김 사장의 차가 내 시야에서 완전히 사라질 때까지 팔을 높이 들고 흔들었다. 떠오르는 아침의 태양 빛이 따사로웠다. 이로써 김 사장과 나와의 고용주&근로자 관계가 끝났다. 내가 이래저래 불만스러운 내용을 많이 풀었지만, 김 사장은 그동안 내가 만나왔던 고용주 중에서 가장 괜찮은 사람이었다. 그는 어떤 일이 있어도 월급을 단 하루도 밀린 적이 없었다. 먹을 것도 마음껏 먹게 했고 한번 업무를 맡겼으면 끝까지 믿어줬다. 나의 고민을 자신의 일처럼 걱정하는 것은 물론 자신의 고민을 내게 솔직하게 털어놓기도 했다. 내가 혼자 쓸쓸히 지낼까 봐 시간이 날 때마다 어디든 데리고 밥을 먹으러 다녔고, 함께 놀러 다니기도 했다. 알게 모르게 챙겨준 부분이 많은 줄 알고 있다. 그래서 다른 곳보다 시급이 적어도 대타를 많이 불러도 난 김 사장을 믿고 일해왔던 것이다. 이제 그와는 완전히 형 동생처럼 지내기로 했다. 난 지금도 진심으로 김 사장이 어디서 무엇을 하든 잘되길 바라고, 또 무엇이든 도울 일이 있으면 기꺼이 도울 마음이 있다.

그날 저녁, 내 휴대전화에 저장된 '편의점 김 사장'은 '김 사장 형'으로 바뀌었다.

만성 알바 후유증

이 글을 쓰는 지금까지도 나는 편의점에서 3년 가까이 오로지 야간 알바로 일하는 중이다. 어떤 일이든 몇 달만 반복하면 몸에 밸 터인데, 3년 동안 같은 행동을 하다 보면 전혀 예상치 못한 곳에서 상대방을 당황하게 할 때가 많다.

일하면서 가장 많이 하는 말이 바로 "어서 오세요"다. 이걸 일할 때만 해야 하는데 습관이 됐는지 여기저기서 튀어나왔다. 길을 걷다 동네 사람을 만나면 "어서 오세요"를 말하는 것은 예삿일이고, 목사님과 교회 사람들에게 "어서 오세요"를 외치며 허리를 바짝 숙여 프로 의식이 지나치게 투철한 교회 청년으로 불리기도 했다. 가끔 꿈속에서도 "어서 오세요"를 외쳤고, 부모님의 증언에 따르면 최근에도 자다가 벌떡 일어나서 허공에 "어서 오세요"를 외쳤다고 한다.

편의점 알바를 하면서 내게 또 다른 이름이 생겼는데, 바로 '알바'와 'G편의점'이다. 손님 대부분이 동네 사람들인지라 길에서나 버스에서 마주치면 반사적으로 "알바다!" 혹은 "G편의점이다!" 하고 반가워한다. 처음에는 떨떠름했으나 이제는 진짜 내 이름을 불러주는 손님이 어색할 정도다. 다른 곳에서 사람들이 알바생을 부르면 괜히 내가 벌떡 일어나거나 "네!" 하고 대답하는 일도 적지 않다. 전화를 받을 때는 보통 "누구누구입니다"나 "여보세요"라고 말할 텐데, 난 "감사합니다. G편의점입니다" 하고 공손히 받을 때가 많다. 그것이 내 휴대전화로 온 전화라도 말이다. 다른 G편의점에 가면(이상하게 어디를 가도 일부러 G편의점에 간다. 내가 이토록 애사심이 높았는지 몰랐다) 간혹 초보 알바생이 포스기 작동을 헤맬 때가 있는데, "이렇게 저렇게 하는 것이다" 하고 방법을 알려주거나 내가 카운터로 넘어가 직접 계산하는 일도 종종 있다. 유통기한이 지난 삼각김밥과 우유를 귀신처럼 찾아내 알바생이나 점장에게 건네주며 다음부턴 조심하라는 오지랖도 펼치는 중이다.

야간 알바를 오래 하면서 건강에 문제가 생기기도 했다. 밤낮이 바뀐 생활을 하다 보니 늘 잠이 부족했다. 낮에는 숙면이 되지 않았고, 쉬는 날 밤에 잠들면 새벽에 깨는 습관이 생긴 것이다. 자도 자도 항상

잠을 그리워한다. 알바를 시작하기 전에 입었던 바지를 지금은 하나도 입을 수 없다. 남자로선 드물게 28인치 허리를 유지하던 나였지만, 새벽의 배고픔을 이겨내지 못해 이것저것 조금씩 먹다보니 살이 20킬로그램이나 쪘다. 어릴 때부터 워낙 마른 체형이라 처음엔 부모님도 살이 붙어서 보기 좋다고 했다. 하지만 지금은 적당히 먹고 뱃살 좀 줄이라고 한다. 지금 내 배는 복근은커녕 똥배가 나올락 말락 무척 아슬아슬한 상태다. 그럼에도 새벽이면 늘 먹을 것이 당긴다. 이를 어쩌면 좋담.

편의점 알바를 하며 난 하루에도 수십 번씩 누군가에게 "감사합니다" 하고 인사를 한다. 어디선가 "감사합니다"를 말한 만큼 자신에게 돌아온다는 말을 들은 적이 있다. 그게 사실인지 알 수 없지만, 알게 모르게 내 삶에 감사한 일들이 자주 생기는 듯하다. 그래서 손님들에게 더욱더 진심을 담아 감사의 인사를 전한다. 손님에게도, 내게도 감사한 일들이 많이 생기길 바라며.

이렇듯 편의점 알바를 통해 이런저런 후유증이 생겼다. 때론 이 때문에 고달프지만 재밌는 것도 사실이다. 앞으로 또 얼마나 새롭고 재미난 후유증이 생길지, 난데없이 설레기도 하지만 삭신이 쑤시고 피로도 함께 몰려온다.

타운
JB
주식회사
Friendly
Fresh
Fun

상사
애

편의점을 찾는 손님들은 우리 주변에서 흔히 만날 수 있는 평범한 사람들이다. 이 글을 읽고 있는 당신도 지금쯤 삼각김밥이나 컵라면을 먹으러 편의점에 가고 싶다거나 아니면 이미 편의점 안에 있는지도 모르겠다. 편의점에 오는 손님들은 "점심은 뭐 먹지?" "내일이 시험인데" "월급은 언제 나오려나" "이놈의 감기는 떠나지 않네" "담배는 올해엔 꼭 끊으려고 했는데" 같은 평범한 고민을 안고 살아간다. 그러기에 밤새 고생하는 내게 따뜻한 말을 아끼지 않는 사람이 많다. 나이가 드신 분들은 "젊을 때 고생은 사서도 하는 것이니, 열심히 살아야 된다"와 비슷한 말씀을 많이 해주신다. 나와 비슷한 또래들은 "배고프죠? 사장 몰래 뭐라도 하나 먹어요. 시급은 많이 줘요?"처럼 삶의 고달픔을 나누는 말을 건네기도 한다. 꼭 이렇게까지 말해주지 않더라도 그저

"고마워요" 이 한마디만 들어도 힘이 절로 난다.

따뜻한 말 한마디로도 충분하지만 종종 물질적으로 힘을 주는 손님들도 많다. '2+1' 제품을 사면 하나 더 받은 제품을 선뜻 주기도 하고, 아예 음료수 하나를 사주며 힘내라는 말까지 남기는 손님도 적지 않다. 간혹 지갑에서 지폐를 꺼내 용돈으로 쓰라고 주는 손님도 있다. 받지 않으려 하지만 대부분 억지로 쥐여 줬다. 천 원짜리 껌을 사면서 만 원을 챙겨준 분도 있었다. 내가 받을 수 없다고 사양하자 그분은 내 손을 꽉 잡고 입가에 미소를 잔뜩 머금은 표정으로 "우리 아덜도 육지서 느랑 곹은 알바 허맨. 느도 우리 아덜 닮으난 줨져. 게난 이걸로 뜻뜻헌 거 사 먹으라이(우리 아들도 육지에서 너랑 같은 알바를 하고 있어. 너도 우리 아들 같으니까 준다네. 그러니까 이걸로 따뜻한 거 사 먹게나)" 하며 만 원을 내 손에 꽉 쥐여 주고 재빨리 발걸음을 돌리셨다. 그날 밤새도록 가슴이 뭉클했고, 그 돈을 함부로 쓸 수 없어 지갑에 잘 모셔뒀다.

뜻밖의 외국 돈을 받은 적도 있다. 자정 전후로 오는 남자 손님이었는데, 올 때마다 5만 원어치 이상을 사가는 손님이라 편의점에서는 '큰 손님'으로 불렸다. 종종 내게 음료수 하나를 챙겨줬는데 하루는 지갑에서 5달러짜리 미국 지폐를 꺼내 줬다. 감사하지만 받아야 할 이유가 없으니 정중히 사양하겠다고 말했다. 그러나 그는 “이건 단순히 미국 돈이 아니야. 내가 이걸 지니고 다니면서 좋은 일이 생겼거든. 이건 행운의 달러야. 자네도 좋은 일만 생길 거야” 하며 끝내 5달러를 내 손에 쥐여 줬다. 그 후로 그 손님의 모습은 보이지 않았고 소식도 들을 수 없었다. 나는 약속대로 환전하지 않고 행운의 5달러를 지갑에 넣고 다녔는데, 그가 말한 것처럼 지금까지도 좋은 일들이 생겨나고 있다. 편의점 단골손님인 근처 빵집 사장님은 빵을 수시로 한 보따리씩 가져다 주셨다. 팔고 남은 것이라고 했지만 갓 만든 것처럼 빵이 신선했다. 양이 많아서 집에 가져가면 부모님도 점심 걱정을 덜었다며 웃곤 하셨다. 잔칫집에서 챙겨온 음식, 밭에서 따온 귤이나 한라봉, 가끔 뜬금없이 자신이 발명한 발명품 등 손님들은 일일이 말할 수 없을 만큼 다양한 것들을 내게 나눠준다.

편의점을 찾는 손님들은 단순히 물건만 사러 오는 것만이 아니라 종종 마음을 나누러 온다. 그래서 난 그들을 더욱더 정성껏 맞이할 수밖에 없다. “어서 오세요!” “다음에 또 오세요.” “좋은 하루 보내세요!”

삶의 한 조각

제주도에 살면서 가장 힘들었던 건 외로움이었다. 제주도는 역사적으로나 문화적으로 다른 지역보다 배타성이 훨씬 짙다. 태생이 '육짓것'인 나 같은 사람에게 제주 토박이들은 좀처럼 마음을 열지 않았다. 그도 그럴 것이 제주 이주민 중 꽤 많은 사람들이 여러 가지 이유로 오래 살지 못하고 떠났던 경우가 많았기 때문이다. 결국 제주도 사람들과 가까워질 수 있는 가장 빠르고 확실한 방법은 단 하나, 이 땅에 오래도록 함께할 사람인 걸 알게 해주는 것뿐이다. 그게 생각처럼 쉽지 않아서 내가 사는 동네에 친하게 지내는 사람은 별로 많지 않았다.

그런데 편의점에서 오래 근무를 하면서 내 삶이 조금씩 달라지기 시작했다. 근무한 지 여섯 달 정도까지는 동네 사람들과 여전히 데면데면했다. 그러던 것이 1년이 넘어가면서 조금씩 달라지기 시작했다.

나에 대해 관심을 갖는 사람들이 늘어났고 자연히 대화도 늘어났다. 동네에서 만나면 반갑게 인사를 주고받았고 손까지 흔들며 반가워하는 사람도 생겼다. 체육대회나 이장선거, 추석 노래자랑 등 동네 행사가 있으면 당연히 나도 초대를 받았다. 이전엔 그냥 편의점 손님이었지만, 지금은 누구보다 절친한 형, 동생이 된 사람들이 생긴 것도 내게는 큰 변화다.

요즘은 매일 카카오톡 메시지 알림창이 뜬다.

동네 형1: 오늘 뭐하맨?

동네 형2: 집이서 쉬맨(집에서 쉬어).

동네 형3: 게민(그러면) 오랜만에 오름 갔당 목욕탕 가게(가자).
오늘 영민이 쉬엄신가?

나: 네, 오늘 쉬어요. 어디서 볼까요?

동네 형1: 그곳.

동네 형2: 그곳.

동네 형3: 그곳.

동네 동생: 그곳이요.

나: 아, 그곳!

요즘은 친한 동네 형, 동생이 모이는 장소가 G편의점이다. 그들은 내가 편의점 알바를 그만두지 않았으면 하고 바란다. 특히 매일 출근하기 전 편의점에 꼭 들르는 한 동생은 내가 편의점을 그만두면 삶의 커다란 낙이 사라질 거라고 했다. 편의점이 아니었다면 인연이 될 수 없었을 사람들이라 그들의 목소리가 더 깊이 다가왔다. 가끔 내 이름을 까먹는 동네 사람도 있지만, 내가 편의점 알바생인 건 모두 알고 있다. 아이들이 내게 아는 척하며 인사할 때 나를 "편의점 형!"이라고도 부른다. 상대방이 선뜻 나를 알아보지 못하는 상황이라도 "편의점이에요" 하고 웃으면 누구라도 금세 날 알아본다. 이렇게 난 삶의 한 부분을 G편의점에서 그려나가는 중이다.

우리 삶에는 순간이 있다. 우리는 그 순간들을 바람처럼 스쳐 지내고 살아간다. 바람은 붙잡을 수 없지만, 난 내 삶에서 만난 수많은 사람들의 모습을 잠시라도 붙잡아두고 싶다. 이 글은 나만의 순간이 아닌 편의점에 함께한 사람들과 지금쯤 어딘가에서 나와 닮은 삶을 살아가는 모든 이들의 순간들이다.

제주도 북서쪽 작은 어촌 마을의 편의점. 바로 그곳에서 삶의 작은 순간들과 마주하며 살아가는 내가 있다.

G 편의점
Since 1950

ALBA

라면볶이